Meinem lieben

Bratschenspieler

Franz

zur Erinnerung an

gemeinsame

[illegible] —

Köln, den 20.X.'13

Dieter Fechner

VON ZECKEN-BISS ZU ANDEREN SATI*E*RISCHEN STICHELEIEN

MIT ZEICHNUNGEN

VON

SIGURD BLÜMCKE

Herausgeber: Dieter Fechner

Verlag: Selbstverlag

Erscheinungsort/-jahr: Minden, 2013

Auflage: 2000

ISBN 978-3-00-043216-3

PRÄAMBEL

Dieter-Wolfgang Fechner, verheiratet und vier Kinder, zwei Pferde, drei Katzen, ein Hund und 20-24 Hühner (je nachdem wie hungrig Fuchs und Marder waren), eine Ehefrau und eine Bundeskanzlerin (bis dass die Wahl uns unterscheidet).

Geboren am 24.12.1937 in Magdeburg
(zu sehen an dem Heiligenschein)

Bis 1945 auf dem Hof des Großvaters in Schlesien gut gegessen und getrunken; Vater in Rumänien „vermisst“ (wie es damals hieß); Mutter alleinerziehend (wie es damals noch nicht hieß, weil es nämlich der Normalfall war). Der einzige Klassenkamerad mit Vater wurde von diesem oft verprügelt, so dass Vaterlosigkeit durchaus als segensreich empfunden werden konnte.

Erste bedeutende Schaupiel-Rollen im Kindergarten als Ritter mit Holzschwert und einkaufende Hausfrau. Der erste mühsam auswendig gelernte Text lautete „Guten Tag, Herr Gärtnersmann, haben Sie Lavendel, Rosmarin und Thymian und ein wenig Quendel?“, wobei mir bis heute Quendel leider unbekannt geblieben ist.

1945 von Schlesien „weggemacht“.

1945 bis 1952 Potsdam bevölkert. Dort selbst Besuch von sechs verschiedenen Schulen, da Kreativität mit schwerer Erziehbarkeit verwechselt wurde.

Darum die Drohung: „Du kommst ins Heim!“

Diese wurde dann schließlich auch verwirklicht in Form des Aufenthaltes im sogenannten Zivilwaisenhaus in Potsdam, damals in der Stalinallee, die jetzt wieder Berliner Allee heißt.

Das Schulzeugnis wurde jeweils unterschrieben von der Schulleiterin „Jutta Fechner“ (meiner Mama) und „der Erziehungsberechtigte XY, Heimleiter“.

1950 Ein Jahr Aufenthalt bei meinem heimatvertriebenen Onkel in Mecklenburg-Vorpommern, der dort „Knecht“ bei einem Bauern war. Dort wohnten wir „sehr gemütlich“ mit fünf Personen in einem Zimmer und es gab im Gegensatz zu den Potsdamer Kartoffelschalen (in Malzkaffee gebraten) Bratkartoffeln satt. Damals ging es Meck-Pomm noch besser und es hieß auch schlicht Mecklenburg mit kurzem e.

Der Besuch der einklassigen Volksschule in Dörgelin bei Dargun, Kreis Malchin, vermittelte erste Eindrücke von der Vielfalt deutscher Schulkultur.

Bereits 1949 waren der Eintritt in die „Jungen Pioniere“ und die angegliederte „Schwimm-Sparte Potsdam“ erfolgt in der versprochenen Erwartung, hier werde lediglich Sport getrieben. Stimmte aber nicht, weshalb ich aus den „Jungen Pionieren“ austrat, obwohl ich das blaue Halstuch sehr schätzte und eine persönliche Belobigung ob meiner schwimmerischen Leistungen vom damaligen FDJ-Generalsekretär Erich Honecker im Ernst-Thälmann-Stadion in Potsdam entgegen nehmen durfte.

1952 erfolgte die Nicht-Zulassung zur Oberschule wegen „politischer“ Unzuverlässigkeit, die ganz offensichtlich darin bestand, dass ich heimlich im RIAS die „Insulaner“ hörte, ein damals sehr bekanntes Kabarett-Ensemble, von dem ich diverse Rollen nachspielen konnte und hiervon auch Gebrach machte, und weil ich auch Walter Ulbricht seinerzeit recht gut imitieren konnte („Niemand hat die Absicht, eine Mauer zu errichten“).

Bevor er das Gegenteil in die Tat umsetzte, verließen meine Mutter und ich 1952 die sozialistischen Brüder und Schwestern in der Republik und siedelten uns beim „Klassenfeind“ an.

Hier kam ich vom Regen des Potsdamer Zivilwaisenhauses unter Umgehung der Traufe unmittelbar in die Sch... in Form des christlichen Schülerheims in Bethel bei Bielefeld, in dem wir offenbar zur Vorbereitung später möglichen offenen Vollzuges das Heimgelände nur am Wochenende verlassen durften.

Dies gab mir reichlich Gelegenheit, meine Kreativitäten in verschiedenen Rollen in der Laienspielgruppe unseres Deutsch- und Klassenlehrers auszutoben, der dort seinen nicht verwirklichten Berufswunsch als Regisseur bravourös auslebte.

Erste positive Zeitungskritik in der „Neuen Westfälischen" 1954 als Nachwuchs-Schauspieler im „Kaufmann von Venedig" von Shakespeare.
Kritische Anmerkungen zum antisemitischen Inhalt wurden mit Rücksicht auf die Bedeutung des Autors allseits ignoriert.

1958 Abitur und Aufnahme des Studiums der Medizin in Göttingen

1959 Aufgabe des Medizinstudiums wegen schikanösen Vorlesungsbeginns mitten in der Nacht um 8 Uhr a. m.

Aufnahme des Jurastudiums in Göttingen und Marburg. Daneben Bauhilfsarbeiter in Hamburg, mit Spitzen-Akkordlohn, Kellner im Theaterkeller Göttingen und Zapfer in diversen Kneipen in Marburg.

1960 Anschaffung eines neuen Fiat 500 mit Schiebedach zum Neupreis von 3200 DM! Nach Lottogewinn von üppigen 4780 DM und damit King von Göttingen und später Marburg. Student mit Auto war damals noch exotisch.

1963 1. jur. Staatsexamen und Zuzug nach Minden der Minne wegen und anschließender Heirat. Referendarausbildung und daneben reichlich Zeit zum Reiten als Assistent des damals berühmten Mindener Reitlehrers Friedrich Arnsmeier auf dem Gelände des heutigen Südfriedhofes.

Trotz alledem 1967 2. jur. Staatsprüfung und Wahl des Richterberufs (da man dort nicht an Dienststunden gebunden und nicht „weisungsgebunden" ist und wegen der rudimentären Idee, die Welt könnte durch mich gerechter werden. Leider habe ich damals George Bush und auch die Bankenpleite noch nicht vorhergesehen.)
Intensive Beschäftigung mit der Schönheit der deutschen Amtssprache, (insonderheit des Juristendeutsch).

1974 Zweite Ehe (die sind meistens die glücklicheren: Quod erat demonstrandum). Der Hochzeitstermin musste wegen Kollision mit der Kabarettpremiere mehrfach verschoben werden. Das heißt im Klartext: Neben der Ehe auch sonst Beginn eines neuen Lebens durch Aufnahme in die „Mindener Stichlingsfamilie" durch den Leiter, Gründer und Freund Birger Hausmann. Hier wurde eine schwere Erziehbarkeit erstmals als Kreativität gedeutet und mir das Los zugeschoben, nicht nur ständig auf der Bühne zu stehen (die mittlerweile meine Welt bedeutet), sondern daneben auch die Hauptlast des Textes zu tragen. Denn: Wenn das Programm gut ist, liegt es an den Darstellern, ist es schlecht, dann liegt es an den Texten. (sic)

Dezember 2002 Zwangspensionierung wegen Erreichens der Greisenaltersgrenze und Rechtsanwalt in Stolzenau (abgeworben von meinem Mentor und Freund Dr. Jochen Heidemeier) mit der überzeugenden Begründung: „Egal, wo man das Recht verdreht, Hauptsache, es klappt!"

Dortselbst seitdem „Fachanwalt für kleine Streitwerte", wobei der Hauptgrund meines selbst gewählten Unruhestandes der war, dass ich meiner Frau zu Hause nicht dauernd im Wege stehen wollte (vgl. Loriot: „Weihnacht").

Seit 2009 betreibe ich zu Hause Am Walde eine kleine, aber feine Anwaltspraxis, jedoch nicht als Feld-, Wald- und Wiesenanwalt.

In diesem Sinne gedenke ich, auch nach der richterlichen Ruhigstellung wenigstens auf dem einmal eingeschlagenen Kabarettwege mich noch ein wenig weiter fortzubewegen, wobei ich wünschte, die Beine würden noch so gut funktionieren wie der Kopf.

Da die Nachwelt dem Mimen bekanntlich keine Kränze flicht und weil man in meinem fortgeschrittenen Alter nie weiß, habe ich mich auf vielfachen Wunsch (wie die Ausrede immer lautet) entschlossen, einen kleinen Teil meiner bescheidenen Ergüsse aus 35 Jahren Kabarett der Nachwelt zu bezeugen. Da dieses erste Buch leider (Gott sei Dank) vergriffen ist, habe ich mich nun an einem zweiten Buch mit Gedichten aus der Tierwelt vergriffen.

Das Leben auf dem Lande in Todtenhausen bei Minden mit Pferden, Hühnern, Maulwürfen und den besonders von meiner Frau sehr geliebten Wühlmäusen hat mich dazu animiert.

Für die Verwirklichung des lange schlummernden Objekts danke ich ganz besonders meiner lieben Frau Maren, die mich immer wieder animiert hat „noch ein Gedicht" zu schreiben und ganz beson-

ders auch meinem langjährigen Freund Prof Dr. Sigurd Blümcke, emeritierter Pathologie-Professor aus Berlin, der die wunderbaren Zeichnungen für dieses Buch verfasst hat, damit sich die (hoffentliche) Freude beim Schmökern in diesem Buch nicht auf das anstrengende Lesen beschränkt, sondern auch die plastische Vorstellung angeregt wird.

Ganz besonderer Dank gilt auch der Freundin unserer Familie, Frau Ulrike Homann, die mit Rat und vor allen Dingen Tat zur Verwirklichung des Projektes ganz erheblich beigetragen hat.

Herzlich danke ich auch meiner umsichtigen und fleißigen Sekretärin Jessica Sperzel und Gregor Panic, ohne die ich die Schreibarbeiten nicht hätte erledigen können, da ich des Schreibens auf dem PC weitgehend unkundig bin.

Last but not least habe ich in Herrn Strobel von der Druckerei Bernhardt-Pätzold in Stadthagen einen Mentor gefunden, der nicht nur Spaß an der schwarzen Kunst, sondern auch am schwarzen Humor hat, was ich mir von Ihnen als geneigter Leserschaft auch erhoffe.

S.B.

Die Zecke

Es lebt die kleine Zecke
nur zu dem einen Zwecke,
der für den Menschen Schiet is:
Sie beißt zwecks Meningitis.
Doch selber ist sie bange vor einer Zeckenzange.
Drum hab´der Mensch ab etwa Mai
die Zeckenzange stets dabei,
denn eine tote Zecke
verfehlt so ihre Zwecke
selbst bei der zweiten Schose:
Beim Bohr´n zwecks Bohr-reliose.
Und was der Zecke Zweck bezweckt
wär´zwecklos, wenn der Zeck verreckt,
und das Gedicht wär´müßig und überflüßig, wie das ß.
Doch nicht komplett…..
Denn Zecken braucht ja sehr
der Zeckenzangenherstellehr
Daneben ist ihr treuer Diener
der notleidende Mediziner,
wenn denn der Mensch mit Zeckenbiss,
am End´privat versichert is(t).
Arzt will sich nicht an Zecken rächen
und lässt sich lieber selbst bestechen.

Das hat, auch wenn man es nicht glaubt,
der BGH sogar erlaubt.
Für Götter in dem weißen Kittel
sei das ein ganz probates Mittel,
denn Gott, bestochen und im Knast,
Das ist ein Bild, das gar nicht passt.
Viel besser passt es auf die Kranken,
die Wirtschaftszecken namens Banken,
die in dem Geld wie Zecken hocken,
wenn sie in Börsenhecken zocken.
Da müssen Schüttelreime ran,
weil man sich da nur schütteln kann
Sie sind vor Bankenaufsicht bange,
wie Zecken vor der Zeckenzange.
Man muss sie, will man jene zähmen
ganz anders in die Zange nehmen.
Damit sie auf dem Teppich bleiben
muss sie der Staat sich einverleiben.
So kann sodann in allen Ehren
mit Biss der Mensch sich selbst ernähren.
Und er gebraucht für diese Zwecke
die Bank nicht und auch keine Zecke.
Auch eine Hausstaubmilbe nicht.
Der widme ich noch ein Gedicht:

Die Hausstaubmilbe

Es war mal eine Hausstaubmilbe,
der fehlte ihre letzte Silbe.
Die Hausfrau, wie man heute glaubt,
hat sie ganz einfach abgestaubt.
Sie suchte sie und fand mit Müh´
nur hinter´m M ein kleines ü.
Die Milbe wurde heimlich-still,
doch konsequent zu Hausstaubmüll.
Aus Rache, da verbreitet sie
seitdem die Hausstauballergie.
Doch kann die Allergie nicht killen
Im Gegensatz zu den Bazillen.

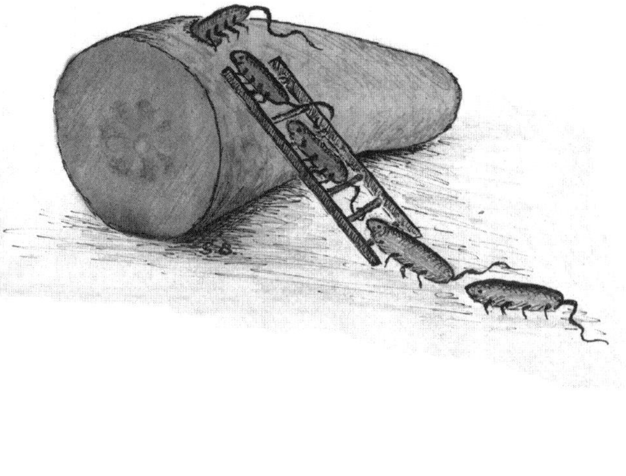

Die Bazille

Ganz heimlich und ganz stille in einer Gurkenrille
saß die Bazille.
Die neben ihr auf dem Salate
sprach zu ihr: „Bazi, Du, ich rate:
Eh, heck was aus, mein Freund und schwärme
zu Menschenkindern ins Gedärme.
Ich kenne Dich, Du liebst die Wärme.
Von dort gehst Du dann in die Nieren.
Da wirst Du sicher auch nicht frieren
und kannst die Nieren
ganz warm dinieren."
Der böse Mensch von Bonn bis Rio,
der schwärmt ja lange schon für Bio.
Darum vermutet er, der Schurke,
Dich nicht in einer Bio-Gurke
und Dich und unsere Genossen
auch nicht in Sprossen.
Doch trachtet er uns jetzt idiotisch
nach unserm Leben antibiotisch,
müssen wir uns vor ihm verstecken,
dann soll er bald durch uns verhecken.
Wir machen Schluss
mit ihm durch HUS.
So sei nicht bange

und treib´s noch lange,
so lange noch, wie jene Fiesen
ihr Bio lieben in Gemüsen.
Wir sind alleine und im Trio
doch auch nichts anderes, als Bio.
Die FDP, die ist uns schnuppe,
denn jetzt sind wir die Gurkentruppe
und die Genossen in ihren Sprossen."
Moral: Ob Rinderwahn, ob Schweinegrippe:
man nimmt uns alle auf die Schippe.
In der Natur und in Berlin
gibt´s immer neue Pandemien.
Nur hat die Pharmaindustrie
nichts bei Regierungspandemie.
Das heißt kurzum mit einem Wort:
Die Krankheit setzt sich weiter fort,
bei Wind und Sturm, so wie ein Wurm.

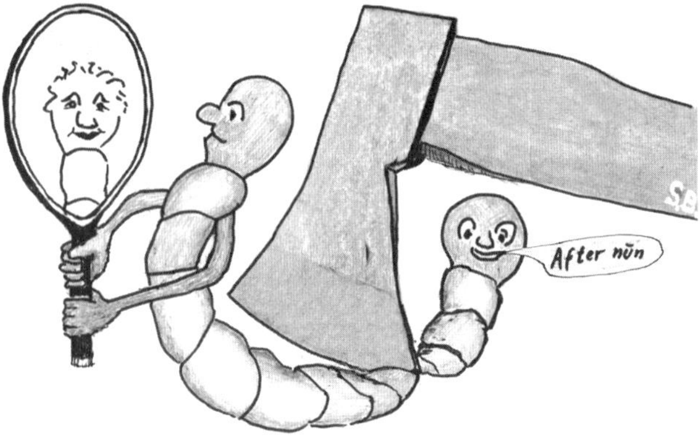
After nūn

Der WURM

Ganz trotzig trotzt der Regenwurm
dem Regen, Donner, Blitz und Sturm.
Doch wird mit Spaten oder Beil
das Vor- von seinem Hinterteil
gewissermaßen abgekoppelt,
dann trotzt er doppelt.
Wo vorn und hinten unterdessen,
merkt er fortan nur noch beim Fressen.
Er merkt es daran nämlich, weil:
Man frisst nicht mit dem Hinterteil.
Das gilt für Wurm, für Mensch und Maus:
Von vorn herein
am Schluss kommt´s raus.
Selbst bei Herrn Wulf und andern Frommen
ist es am Schluss stets rausgekommen.
Moral:
Zum Trotz nach Donner, Blitz und Sturm
bleibt oft am Ende nur ein Wurm.
und in Berlin nach langer Hatz
bisweilen auch ein Wurmfortsatz.
Wenn den der Bundesadler hetzt,
dann wird er nicht mehr fortgesetzt.
Ganz anders die verbot´ne Dope
Und die erlaubte Antilope.

ANTIDOPE
by
Lance
Armstrong

Die Antilope

In einem Anti-qua-ri-at, wo ich bisweilen lesen tat,
ganz überwiegend alte Sachen;
(was soll man da auch andres machen?)…
von Antichrist bis Antimode,
Antigone bis Antipode,
war alles gegen, nichts dafür.
Ich fragte mich, voll Wissbegier,
(da bin ich stur:)
„Wie kommt das nur?“
Der Grund war, weil, was Ihr nicht wisst,
Chefin die Antilope ist,
was günstig, weil sie nicht gefräßig
und dann auch frauenquotenmäßig.
Die fragte ich: „Ist alles hier
dagegen und nichts ist dafür?“
Sie meinte: „Klar doch, in der Tat.
Sonst wär´ das ja ein Qua-ri-at
und apriori in der Tat
sogar ein Proriat…
Ein solches hat es doch im Leben
noch nie gegeben.“
Doch eines meint sie, nicht zum Spaß:
„Trotz „anti“ sei sie auch für was.“
Das kam bei ihr so ganz avanti.

„Ich bin für gegen (gegen „anti“),
weil ich, das ist mein Lebenssinn,
im Leben gegen alles bin,
weshalb ich, (das ist große Sch..ande)
eben auch Antilope heiße.“
Ihr müsst nicht jammern:
„Sch“ steht in Klammern
Mein „gegen anti“ heißt also:,
Ich bin dann zwangsläufig für pro,
und jetzt und hier dann doch dafür“,
weil eine doppelte Verneinung
bejaht, was nicht nur meine Meinung“...
Moral:
Der Geist, der immer nur verneint
scheint letztlich, dass er nur so scheint,
was ganz am End´
nur konsequent,
weil er am Ende, in der Tat
Verneinung zwangsläufig bejaht.
Das heißt dann für die Politik,
(und darin liegt ihr ganzer Trick):
Wer die stets ablehnt, in der Tat,
hat sie am Ende doch bejaht.
Und in Berlin und jedem Ort
setzt sie als Krankheit sich stets fort.

Wir alle und die Antilope
ertragen sie nur noch durch Dope.
(Wie komme ich denn jetzt auf Dope?)
Sonst reimt sich nichts auf Antilope.
Doch vieles geht, wenn man gedopt.
Das ist erprobt.
Erprobt ist so auf jeden Fall:
Gesang - Gesang der Nachtigall.

Die Nachtigall

Die Sonne sank im letzten Lichte.
Die Nachtigall sang auf der Fichte.
Der Wind sang nebenan in Lärchen.
Da sprach das Nachtigallenpärchen:
„Die Nachtigall und nicht die Lärche,
ist das, was hier so herrlich singt,
was in dem Wald so göttlich klingt.
Die Lärche ist doch nur ein Baum.
Zum Singen ist für sie kein Raum.
In diesem und in jedem Fall
ist es auch nicht die Nachtigall,
die hier so traumhaft singen kann.
Nur ich, der Nachtigallenmann.
Nur ich bin – ehrlich
als Herr so herrlich und unentbehrlich.
Denn Du bist nämlich,
weil Dame dämlich.---
Das war, mein Herz,
ein kleiner Scherz,
der, wie man heute sicher wähnt,
schon als veraltet abgelehnt,
als Moses noch ganz jung und schlank."
Na, Gott sei Dank!!!
Drauf sprach Frau Nachtigall gemach:

„Ich mache Dir ja gar nichts nach.
Du singst mir süß ins Ohr, Tigall
tigall, tigalltigall, tigall
Du bist und bleibst mein Vor-tigall“.
Bald sangen sie im Chor-tigall.
Sie brachte niemals aus dem Lote
je eine Nachtigallenquote.
Sie musste stets das Nest behüten
brav Eier legen, und bebrüten,
denn einer muss den Nachwuchs hüten.
ER durfte nach den Vogelregeln
schön singen
und sein Weibchen lieben.
Bei Menschenkindern ist gewöhnlich
das ja ganz ähnlich.
Moral:
Bei Menschen gelten und bei Vögeln
die gleichen Regeln.
Doch Protzen nur und auch das Singen
wird für den Nachwuchs nicht viel bringen,
doch macht grad das
den Männern Spaß.
Bei manchen endet es im Wahn
wie bei Strauß-Kahn
und Berlosconi,

der laut Bild
randvoll testosteron-gefüllt.
Drum hüte Du Dich mit Bedacht
vor Einfluss, Geld und zu viel Macht
und halte Dich stets an die Regeln,
nur, wenn die Frau es will, zu singen.
Dann wird es Beiden Freude bringen.
Das tat es auch, und zwar im Nu
beim Herrn und der Frau Känguruh.

Das Känguruh

Bekanntlich sieht ein Känguruh
ganz anders aus, als ich und Du.
Zwar kann es - und jetzt wirst Du lachen -
wie Menschen große Sprünge machen,
doch ist es (was jetzt nicht gelogen)
sehr gut erzogen.
Du hattest sicher ja, wie ich,
nur eine Spielecke für Dich.
Darum bin ich, darum bist Du
ja schließlich auch kein Känguruh.
Dort hat das Mädchen, wie der Bube
stets eine gute Kinderstube
und zwar ganz nah
bei der Mama.
Jetzt erst mal stärken
und bitte merken!!!
Mama legte sich ohne Schuh
zur wohlverdienten Kängu-Ruh´.
Daneben legte sich der Mann.
Man unterhielt sich dann und wann:
Erst er:
„Mein Kängi, sag, was hast denn Du bloß,
Du wirkst, mein Känguh ja so ruh-los
Was macht das Herze Dir denn schwer?"

Drauf sie:
„Mein Beutel ist so leer.
Ich will Dich ja nicht lange drängen,
doch bitt´ ich Dich, mit mir zu kängen.
Dann wird mein Beutel wieder voll
und außerdem find´ ich das toll“.
Drauf er:
„Auch ich mag das ja sehr,
wenn gleich mein Beutel danach leer“.
Drauf sie:
„Du sollst Dich nicht so zieren.
So ist das halt bei Beuteltieren.
Nur, wenn ich Dich zur Liebe dränge
und immer, wenn ich mit Dir känge,
dann ziehst du alles in die Länge“.
Drauf er nur schlicht:
„Sonst geht das nicht“
Nun gib doch bitte endlich Du Ruh´,
Du weißt doch: Ich bin Dein Kän Guru“.
Es ging. Bald kam ein Kängürühchen,
ganz pünktlich, denn es war kein Frühchen,
kam in Australien, nicht bei Türken,
(mag´s bei dem Worte auch so wirken),
Es war, wie schon gesagt, kein Frühchen,
war ein normales Kängürühchen,

ein wirklich wunderschöner Bube
mit einer guten Kinderstube,
die war ganz nah
bei der Mama.
Jetzt schnell zu Zeile vier plus zehn.
Dann kann das Ganze weitergeh´n,
und zwar ganz nah bei der Mama.
Ganz ähnlich, wie das Känguruh
sorgte auch für sein Kalb die Kuh. …..

Das Kalb

Agiert der Bulle innerhalb
der Regeln,
kriegt die Kuh ein Kalb.
Grad Bullen, die, die man nicht schlachtet,
sind da, dass man auf Regeln achtet.
Um die muss sich der Mensch bemühen.
Doch andre Regeln gibt´s bei Kühen.
Die führen leicht schon mal zum Tode
und folgen oftmals nur der Mode.
Am Schlachthof steht nie, wie Ihr wisst,
dass Töten streng verboten ist.
Drum hält der Bulle für dies Töten
die Ahndung ja auch nicht vonnöten.
Doch ahndet er das Töten sehr,
geschieht´s auf Straßen im Verkehr,
wobei, wenn Mensch beim Fahren trinkt,
dem Bullen das gewaltig stinkt.
Die Kuh hat aber unterdessen
zumeist ganz andere Int´ressen.
Was Bullen so von Herzen scheuen,
das braucht man ihr nicht ein zu bläuen.
Sie muss es auch nicht wiederkäuen.

3,5 ‰
S.B.

So sprach die Kuh zum kleinen Kalb:
„Mein Kind,
noch bist Du ja erst halb.
Drum kann man -
Wirst Du wohl nicht lachen! -
aus Dir auch nur Halbschuhe machen".
Der Papst lässt seine roten Schuhe
hübsch in der Truhe.
„Weshalb er nicht auf ihnen geht?
Ich denke doch: Aus Pietät
zu dem Franziskus
und für des Vatikanes Fiskus.
Es nützt Dir nichts, mein liebes Kind,
dass manche Vegetarier sind,
weil Vegetarier, so zu sagen
Halbschuhe trotzdem gerne tragen,
wenn sie gefertigt, das weiß jeder,
aus eines Kalbes weichem Leder".
Veganer sind da etwas strenger
und sehn das enger.
Der Vegetarier lässt sich messen
nicht an den Schuhen, nur am Essen.
Sind jene haltbar schön und weich,
ist sein Prinzip ihm völlig gleich.
Er nimmt, so ist des Lebens Lauf,
selbst einen Kälbermord in Kauf.

„Zu weinen hat da keinen Zweck.
Dein Vater sieht glatt drüber weg
und schreibt sich Autofahrer auf.
So ist nun mal des Lebens Lauf."

Die Kühe aber merkten auf
und lebten dieserhalb fortan
statt vegetarisch streng vegan.
Als sich die Kuh das eine schwor:
„Ich esse niemals Schweineohr",
da kläffte frech die Hundemeute:
„Wir hatten sie im Munde heute."
Und schon war, was sie nicht gedacht,
ein Schüttelreim daraus gemacht.
Darüber waren sie sehr froh,
da biss er zu:
Der Hundefloh.
Nicht Menschen biss er, nur den Hund
Na, und???
Dass er den Menschen gar nicht biss,
fand Kalb Beschiss,
weil diese,
Schwarze, wie die Weißen
gern ihrerseits in Kalbfleisch beißen.

S.B.

Der Hundefloh

Es saß auf einem Hundeklo
auf einem Hund ein Hundefloh.
Der Floh, der biss, der Hund, der....
Schön war das nicht,
doch bei Gedicht
klingt schon mal Wort,
wie auf Abort.
Der Hund, der stank,
der Floh, der trank
und hoffte,
dass es schnell gelang
mit seiner List und Gottes Güte.

Wenn Frauchen käme mit der Tüte,
den Hundehaufen einzusammeln,
dann müsste er vielleicht vergammeln,
Denn sieht das Frauchen einen Floh
auf ihrem Hund im Hundeklo,
wird sie zur Mörderin und roh.
Das endet für den Floh meist tödlich.
Es bleibt ein Fleck nur, welcher rötlich.
Der Floh muss in die Röhre schauen
und kann jetzt niemals mehr verdauen.

Dem Hund indessen geht es gut,
und er behält sein ganzes Blut.
Und er ist seines Lebens froh,
bis nächstes Mal im Hundeklo.
Moral:
Was für den Hund gesund und reinlich
ist für den Floh mitunter peinlich.

Drum hasst der Floh des Menschen Macken.
Der Hund soll, wo er will…hin…kommen.
Und das beherzte sehr genau,
vom Dobermann die Doberfrau.

S.B.

Die Doberfrau

Dieses Gedicht ist unserer treuen Doberfrau „Donna“ posthum gewidmet, bis auf die Sequenz mit dem Hahn, da bei uns weder Hühner noch Hunde geschlachtet werden. Donna ist leider am 21.04.2013 verstorben.

Es sprach die schöne Doberfrau
zu ihrem Dobermann:
„Bei Schweinen heißt die Dame „Sau“,
was nicht verstehen kann
die Sau, Ihr ist das peinlich.
Im Gegensatz zu ihrem Mann
ist eine Sau sehr reinlich.
Das heißt, dass man bei Namen oft
den Sinn total vergeigt,
was deutlich und ganz unverhofft
die arme Sau uns zeigt.
Und auch die Frau vom Dobermann,
kann sowas nicht begreifen
und spricht man sie mal darauf an,
dann fängt sie an zu keifen:
„Der Name ist oft Schall und Rauch
und Nomen nicht gleich Omen.
Das sieht man immer wieder auch
besonders oft bei women.
Women spricht man hier, wie man´s schreibt

und nicht in very british,
weil nomen sonst nicht omen bleibt.
Das sieht der Kenner kritisch.“
Allein der Name Angela
heißt Engel, muss man wissen.
So wird mit Namen hier und da
das Wählervolk beschummelt.
Warum sie Bundesmutti heißt
ist ebenfalls nicht klar,
obwohl sie,
wie Du sicher weißt,
ein Kind noch nie gebar.
Beim Ehrenwort von Kanzler Kohl,
geliebt und auch gehasst,
da hat, weil er das Volk verkohlt,
der Name noch gepasst.
Die Bundesmutti, wie gesagt,
die nennt sich heute Engel.
Der liebe Gott wurd´ nicht gefragt
im Reichstag im Gedrängel.
Ich stelle auch ganz selten fest,
dass sie uns mal beflügelt.
Entschlusslos bleibt sie für den Rest
der Amtszeit eingeigelt.
Sie meint, nur weil sie Engel heißt,
und ich gehör zu Tieren,

könnt´ sie, wen wundert´s, dass man beißt,
mich gleich diskriminieren.
„Warum heiße ich Dobermann,
ist Dobermann mein Name?
An mir, da ist doch alles dran,
was man so braucht als Dame.
Ich habe Körbchengröße vier,
und Busen hab´ich zehn,
und wäre ich ein Menschentier,
dann fände man das schön.
Viel schöner noch, als Angela
mit ihrem großen Ausschnitt,
und wär´ ich in der CDU,
erklärte ich den Austritt."
„Die Rättin", heißt von Günter Grass ein Buch,
ganz unbeschreiblich,
„Die Ratte" wär doch schon genuch,
dieweil die Ratte weiblich.
Geht er auch weiblich, der Begriff
beim Lesen oder Schreiben,
neigt Deutschland mit ganz sich´rem Griff
sehr gern zum Übertreiben.
Nur Dobermann ist männlich hier,
selbst wenn der Hund mal weiblich.
Das ärgert so ein Hundetier,
als Hündin unbeschreiblich.

Herrchen und Frauchen sogar ha´m,
sprich: Selbst die dummen Menschen,
bei ihm „Monsieur“, bei ihr „Madam“,
zumindest bei den Frenchen.
Erst kürzlich kräht´ der stolze Hahn,
(den wir als Suppe hatten) (s.o.)
„Ich sah grad einen Dobermann
´nen Dobermann begatten“.
Die Henne, (so heißt seine Frau),
die gackerte ganz cool:
„Sahst Du, mein Hahn das ganz genau?:
Dann war der Kerl wohl schwul!“
Bei Menschen ist man da ja stur,
beginnt es gar zu preisen
als Teil der menschlichen Natur,
nur nicht in Kirchenkreisen.
Denn da ist der Geschlechtsverkehr,
(auch wenn man es nicht glaubt)
allein zu Gottes Ruhm und Ehr,
für Nachwuchs nur erlaubt.
Jedoch das Wort Geschlechtsverkehr
bei Dünnen oder Dicken
gibt für die Lust nur wenig her.
Da sag´ ich lieber… gar nichts.
Sogar der Papst, der´s selbst nicht treibt,
trotz göttlicher Verehrung,

erlaubt es, (selber unbeweibt)
ausschließlich zur Vermehrung.
Die geht, und das ist kein Gerücht,
so weiß man unter Kennern
bei Menschenmännerliebe nicht,
nur bei den Dobermännern,
weil Dobermann, wie´s oben steht,
bisweilen eine Frau ist,
bei der es dobermännisch klappt,
auch wenn man ganz genau ist.
Frau Dobermann fand keine Ruh´
und wollte sich erwehren,
drum ging sie zur Regierungskuh
um sich dort zu beschweren.
Sie sagte: „Wie man sehen kann:
Selbst Du siehst es genau:
Ich bin doch gar kein Dobermann.
Bin eine Doberfrau."
Da meinte die Regierungskuh,
die schwarz war, keine Rote:
„Frau Dobermann, wie recht hast Du!
Ich sag nur „Frauenquote".
Ab heute ändert per Gesetz,
sich offiziell Dein Name.
Du heißt jetzt nicht mehr „Dobermann".
Du heißt jetzt „Doberdame"!

Drauf wählt sie nun für lange Zeit,
so wie auch manche Kuh,
aus reiner, purer Dankbarkeit,
die schwarze CDU.
Die Gans, das Schaf und auch die Kuh
sind lang dabei geblieben.

Nicht ahnend: In der CDU
wird tierschutz klein geschrieben.

Moral:
Gesetze sind oft nur ein Bündel
von reinem Etikettenschwindel.
Dem Schwein war das nicht einerlei.
Es grunzte lautstark: „Schweinerei!“

Schweinerei

Idyllisch zwischen Dorf und Wald
liegt eine Schweinemastanstalt.
Du findest sie: Geh´ ganz gemach
nur immer Deiner Nase nach.
Wo sie am schönsten riecht, die Gülle,
da liegt die Schweinemastidylle,
dass man in Massen Schweine mäste,
denn sterben sei für sie das Beste.
Das finden so zwar nicht die Schweine,
der Mäster auch nicht ganz alleine.
Nein, solches finden unterdessen
die Menschen, die gern Schinken essen
und Schweinsfilet, das schier und rot.
Dafür tut Not, dass Schwein erst tot,
wie auch die Sau.
Noch heute stillt ´se
und morgen ist sie Schweinskopfsülze.
„Ist", sage ich da mal ganz kess,
schreibt man hier nur mit einem s.
Mit zweien würde unterdessen
die arme Sau sich selber essen,
ganz ohne Gabel, ohne Messer.
Doch Schweine sind halt Allesfresser,
wie Menschen auch.

Sieht man am Bauch.
Darum geschwind zu Sau und Kind:
Das Ferkel, eben noch bei Mama,
spielt Cornedbeef im Schweinedrama.
Wo es zu leben sich bemüht,
da wirkt es gleich ganz abgebrüht.
Es war zu klein,
das arme Schwein
und auch die Form,
war nicht die Norm.
Und sterbend ruft das Schweinekind:
„Cornedbeef macht man doch vom Rind!"
Das sagt allein der Name „Beef".
Bei mir als Schwein liegt Ihr da schief.
Doch kommt es erstmal in die Dose
geht es oft völlig in die Hose.
Und Cornedbeef, sogar das beste,
hat Schweinereste
und die vom Pferd,
wie man gehört.
Aber, was soll´s:
Sind sie aus Holz,
dann ist auch das ganz leicht erklärt:
Dann war das wohl ein Schaukelpferd.
Entscheidend ist allein die Masse,

und ganz am Ende stimmt die Kasse.
Und das Gebot:
„Du sollst nicht töten“,
das fünfte, geht dabei glatt flöten.
Doch dieses eine
gilt auch für Schweine
und für die Pferde
auf dieser Erde.
Im BGB steht nach zu lesen:
Die Tiere, das sind Lebewesen
und keine Sachen.
Was soll man machen?
Den Kindern lässt man ihren Willen:
Das Fleisch kommt aus den Plastikhüllen,
und wenn nicht lose,
dann aus der Dose.
Wüssten die:
Das war´n Ferkel, Kälber,
dann maulten Sie:
„Fresst das doch selber!“
Eltern würden kein Fleisch bezahlen
aus all den Supermarktregalen.
Hauptsache ist, das Fleisch ist billig
und der Verbraucher zahlt es willig.
Der Boss von einem Fleischbergwerk

kriegt sonst den EDEKA-Vermerk.
„EDEKA“,
was im Klartext wäre:
Genau:
Das Ende der Karriere.
Was würden Sie denn dazu sagen,
würd´ Ihre Haut zu Markt man tragen,
als Menschenfleisch in Gulaschsuppe -
Wär´s Ihnen schnuppe?..
Als zart gebrat´ne Menschenlende -
Wär´ das ein adäquates Ende?
Oder im Zweiten bei: „Lanz kocht“
Nein. Wetten: Das wird nicht gemocht.
Weil Menschenfleisch ja streng verboten,
drum fehlten jetzt die Einschaltquoten.
Der Zuschauer fand sich geneppt.
Es gab ja auch kein Kochrezept.
Doch mit dem Zweiten sieht man besser.
Vielleicht sogar die Menschenfresser,
wenn es die überhaupt hier gibt.
Die wär´n dann sicher unbeliebt.
Der smarte Kommissar Wallander,
der nähm´ sie alle auseinander.
Könnt sein, den Hunger, den vertreibt sich
nach Obduktion die SOKO Leipzig

mit Menschenresten,
doch nur den besten.
Könnt´ sein auch aus der Anatomie,
käm tiefgekühlt die dicke Omi
samt ihrem Lieblingsdackel „Waldi“
in die Lasagne bei Aldi.
Bekanntlich ist beim Mischprodukt
der Inhalt ja nicht aufgedruckt.
Man muss in diesen schweren Zeiten
sich auf fast alles vorbereiten.

Mach´einen Mensch- und Tierschutzplan:
Leb´ vegetarisch und vegan.
Dann wär´, gingst Du durch fremde Münder,
Dein Fleisch gesünder.
Doch gibt es ja auf alle Fälle
noch die besond´ren Schweineställe.
Da sollte man vielleicht drauf achten,
die Schweine lieber da zu schlachten
wo sie im Geld wie Zecken hocken,
wenn sie in Börsenhecken zocken.
Da müssen Schüttelreime ran,
weil man sich da nur schütteln kann.
Fest steht, auch wenn es manchen kränkt:
Schwein ist nicht auf den Stall beschränkt.

In Düsseldorf, Berlin und Brüssel
gibt´s manche Schweine ohne Rüssel.
Man schlachtet ein- für allemal
sie mit dem Messer namens „Wahl“.
Auch sollte man viel mehr drauf achten,
das Schwein in mancher Bank zu schlachten,
statt alle die, die uns nichts nützen,
mit Steuergeld zu unterstützen.
Drum stürmen Sie die Zockerbanken,
um all die Gier- und Geizeskranken,
die an den Börsenkursen zerren
in den Tresoren einzusperren.
Dort gebt Ihr ihnen für die Gier
zum Fraß ihr täglich Giftpaper,
bis sie an ihren Giftpapieren
seelisch krepieren.
Sind Banken außer Rand und Band,
ist das System gar relevant,
dann macht es Euch nicht zu bequem
und ändert einfach das System
und wählt die Richt´gen allemal.
Ihr seid das Volk.
Ihr habt die Wahl.
Und fragen einst die Enkel an:
„Was habt Ihr damals denn getan?“

Dann sagt Ihr sicher ganz gequält:
„Wir haben doch nur frei gewählt,
die, welche unser´m Volk nichts nützen
und Zocker weiter unterstützen."
Es ist das alte Einerlei.
Ihr ward so frei
und ward mal wieder nicht dabei,
konntet nichts machen.
Es ist zum Lachen.
Sind Banken außer Rand und Band,
ist das System noch relevant?
Dann macht es Euch nicht zu bequem
und ändert einfach das System
und wählt die Richt´gen allemal.
Ihr seid das Volk.
Ihr habt die Wahl:
Kopf oder Zahl.
Zahl oder Kopf.
Sein Glück fasst jeder selbst beim Schopf.
Kann sein, dass er dann besser fährt,
wenn er sich auch modern ernährt.

ANTI UV
ANTI UV
ANTI UV
BIO WEIN
BIO MILCH
BIO OBST
BIO SAFT
BIO
BIO
BIO
SB.

Moderne Ernährung

In dem Aal ist zu viel Blei,
in der Forelle zu viel Nickel,
und von Schweinefleisch,
da krieg´ ich sowieso immer Pickel,
denn die Schweine fressen Dioxin,
genau so, wie das Huhn
und dann liegste bald danieder,
und kannst nichts dagegen tun.
Durch die Bettruh´ kriegste Husten
und der geht nicht weg.
Selbst der Rinderlendenbraten
nutzt dabei ´nen Dreck.
Zwar die Rinder ihrerseits,
haben Hustensaft genommen.
Und nun sind´se alle tot,
denn der ist ihnen nicht bekommen.
„Doch der Hustensaft im Rind
nutzt Dir gar nichts auf der Gabel,
weil er muss per Rezeptur
mit dem Löffel in den Schnabel.
Ganz egal, was Du isst,
ist verseucht und voll Gift,
also krank wird man eh´,

ob man isst oder kifft."
Dies erkennend
wandte ich mich nun vor einem Jahr,
ganz genau gesagt am 17. Februar,
an den Arzt für Allgemeines
und auch meines Vertrauens,
und dem schildre ich präzise
die Gedanken meines Grauens.
Gleich hat er mich untersucht
und gewogen und gemessen
und geraten, erst mal ein Jahr
überhaupt nichts mehr zu essen.
Dann hat er mir noch zur Sichtung
meiner Bauchspeckfalten
deutlich den Cholesterinspiegel vorgehalten.
Auch die Triglyceride wären gar nicht so o.k.
Ganz zu schweigen mal von Harnsäure
und Gamma GT.
Also steckt er mich in eins
seiner Privatstationsbetten,
riet ein Jahr gesund zu leben
nur von Kapseln und Tabletten,
keine Brote, kein Gemüse,
auch kein Fleisch und so´n Schiet.
Für den Anfang gab er mir

drei Pfund Tabletten mit.
Morgens 10 Tamiflu
schon zum Frühstück in der Früh´
gegen H5 N1 und die Pandemie.
Doch H5 N1 hat BSE zerstört.
Oder haben Sie von BSE
mal wieder was gehört?
Aber Hühner und die Schwäne,
die beschmutzen Deine Beene
mit dem Vogelkot,
und dann biste morgen tot.
An dem Grab wird erst noch
ein bisschen geheult,
und am nächsten Tage
wird ganz Minden gekeult.
Dann zum zweiten Frühstück
vorbeugend reichlich Jod,
denn Atomstrahlen machen
sonst den Kehlkopf tot,
und als Beilage unbedingt viele Vitamine
sind ein Muss statt Butter, Schmalz
und Letta-Rama-Margarine.
Dafür nehm´ ich Vita-Tuv,
denn diese sind für jeden
gut bei Brotzeit und bei Stillzeit

und bei Leberschäden.
Doch sie führen häufig mal zur Obstipation.
Das ist, wenn man will und kann nicht.
Na, Sie wissen schon.
Und das führt zum Blutdruckabfall,
manchmal auch zum Schock.
Gegen Letzteres da nehm´ ich täglich
drei mal drum ad hoc
31 von den blauen D.E.T.M.S.-retard.
Die sind überwiegend harmlos,
nur ganz selten mal gepaart
so mit Übelkeit und Kribbeln in den Zehen,
in den Fingern,
häufig Kopfschmerz.
Darum nehm´ ich gleich dreißig
von den Dingern: Aspirin.
Völlig harmlos. Allerdings, da ist man ehrlich
sind bei häufigem Gebrauch
sie nicht ganz so ungefährlich.
Hat man Heuschnupfen, auch Masern
oder Nasenpolypen
oder ist am End´ gar einer
von den ziemlich selt´nen Typen
mit der Schwund-Glycose-sechs-
Phosphat-Dehydrogenase

oder Schäden an dem Magen,
an der Leber oder Blase.
Starke Blutungen aus Nase, Mund,
aus Ohren oder Nieren
sind ganz harmlos
und auf Aspirin zurückzuführen.
Darum hat man jede Körperöffnung
gegen die Nebenwirkung
sorgfältig zu säubern
und mit Uhu zuzukleben,
weil das einmal überaus
die ganze Hautatmung stützt
und den Körper langfristig
vor weit´ren Giftstoffen schützt.
Ein Problem hat man jetzt nur,
das noch gelöst werden will:
Durch das Kapsel-Fressen gelt´
ich jetzt als Sondermüll.
Und kein Friedhof, wo auch immer
und egal von welcher Gattung
will mich nehmen,
nicht einmal zu einer Seebestattung,
weil im Meer noch etwas Aal,
in dem Bach noch laicht Forelle,
und so kann ich nicht mal sterben,

einfach so und auf die Schnelle.
Also bleibt mir nur
mich umweltfreundlich smart zu tarnen
und zu fressen und zu saufen,
Kapseln schlucken und zu warnen:

(Gesungen) nach der Eurohymne :
„In dem Aal ist zu viel Blei,
in der Forelle Nick-Nickel,
Rind macht Kreuzfeld - Ja - Jacobsen,
Schweinefleisch Pick - Pihickel.
Eurofleisch ist in aller Munde,
vereinte Pandemähäher.
Wenn wir schon zu Grunde gehen,
dann als Europä-häher“.....
Das ist empirisch - Unmenschlich-tierisch.

Unmenschlich - Tierisch

1. Sie regelten wieder in Brüssel seit Tagen
die Massentierhaltungs- und Fütterungsfragen
der Art gerecht und vergaßen auch nie
den Profit der chemischen Industrie.
Und abends und abends,
da lachten sie: Wir haben´s"
und aßen sich satt an gegrillten Gebeinen
von Schafen und Ochsen
und Bullen und Schweinen,
wobei die Knochen sie übrig ließen
Die waren leider nicht zu genießen.

2. Die Knochen wurden zu Mehl gemahlen.
Die Rinder wurden zu Kannibalen.
Der Wahn des Profits, der war ihnen teuer.
Man gab sie zum Fraß an die Wiederkäuer.
Und abends und abends
da dachten sie: „Wir haben´s
geschafft."

Doch der ganze Rinderwahn
macht´ sich an Menschenkinder ran,
wobei sie die in dem Glauben ließen,
das sei bedenkenlos zu genießen.

3. Doch eines Tages durch stetes Verbessern
wurden all die Tiere zu Menschenfressern,
verließen die Käfige zu Millionen
und stürmten die Brüsseler Kommissionen.

Und abends und abends
da lachten sie: „Wir haben´s“
und aßen die Körper, die Arme und Beine
der menschlichen Schafe
und Bullen und Schweine,
wobei die Köpfe sie übrig ließen.
Die waren leider nicht zu genießen.

Europa jedoch liegt ja nicht am Nil.

Darum scherte es auch nicht
das Krokodil.

S.B.

Das Krokodil

Nicht an dem Neckar. Nein, am Nil,
da wurde einst ein Krokodil
aus einem Ei gesund geboren,
das war zum Dichter auserkoren.
Warum das nicht am Neckar war,
ist jedem Menschen sofort klar,
der mit Gedichten sich befasst.
Weil Neckar einfach gar nicht passt
als Endreim, der ganz kurz und schlicht
Erkennungsmerkmal beim Gedicht.
Das Grass´sche reimte sich ja nicht
und war darum auch kein Gedicht.
Beim Inhalt hatte er ja Recht.
Nur als Gedicht, da war es schlecht.
Selbst Reich-Ranitzki war geschafft
und nahm das Werk in Ekel-Haft.
Reimt es sich nicht, dann ist es Lyrik,
wenn doch, dann ist es oft Satirik.
Und manches Mal auch nur ganz schiere
erdichtete Realsatire.
Schon jene 8 ums Vordereck
verfehlen meistens ihren Zweck,
weil Zeitungsleser, Frau, wie Mann,
das gar nicht int´ressieren kann,

genau, wie auch das Brücke-Fegen.
Da haben manche was dagegen.
Die soll´n, statt Brücken leer zu fegen,
sich lieber in die Betten legen
dann, wenn sie dreißig und fleißig,
um Altersarmut vorzubeugen,
Verschiedenes an Kindern zeugen.
Zwar auf den Main und auf den Rhein
fällt vielen eine Menge ein.
Auch bei Schaffhausen zu dem Rheinfall
hat mancher einen guten Einfall
und glaubt, es würde bei Schaffhausen
zwecks Reinfall ihn der Affe lausen.
Wenn ungereimt gar Goethes Faust,
dann wär´ der ganze Faust zerzaust,
und der Mephisto, ohne Zweifel,
der scherte sich sofort zum Teufel.
Selbst auf die gute alte Weser,
da reimt sich noch so mancher Leser.
Besonders eignet sich der Nil,
hat man den Reim am End als Ziel.
So hatte denn das Krokodil
für seinen Anfang schon recht viel
an Theorie und für das Schema.
Es fehlte nur das rechte Thema.

Als es so in die Gegend stierte,
war da ein Mann, und der spazierte
am Nil entlang.
Frisch Bein vor Bein
genoss er Nil und Sonnenschein.
Das Krokodil, das dachte schon
an eine Halluzination
und fragte scheu: „Was seh´ich hier,
was bist denn Du bloß für ein Tier?
Hast nur zwei Beine. Ich hab´ viere,
wie alle ordentlichen Tiere.
Dazu den Panzer, der aus Schuppen.
Als was wirst Du Dich hier entpuppen?"
Da lacht´ der Mensch:
„Mensch, Krokodil,
Du weißt ja wirklich nicht sehr viel.
Die Schuppen habe ich ja auch,
wie Du. Das ist bei Menschen Brauch,
doch meist verpönt und abgelehnt.
Auch Panzer hab´ ich jede Menge.
So treib´ ich viele in die Enge.
Ich bin ein Mensch, der Herr der Welt
und wohne rechts von Bielefeld".
„Von Bielefeld" sprach da verstört
der Dichter. „Nie was von gehört.

Doch will ich mit den schönsten Rhythmen,
es Dir, dem Größten Aller widmen,
mein Erstlingswerk, ich Dichterzwerg.......
Nur fehlt - was nötig just in time -,
mir jetzt auf Mensch der rechte Reim“.
Darauf der Mensch:
„Du bist geleimt.
Der Mensch ist völlig ungereimt.
Er wird, und das wird Dich empören,
sich und die Erde bald zerstören
und es misslingt, jetzt wirst Du lachen,
sich einen Reim auf ihn zu machen.
Das wär´ dann Ende des Gedichts.
Auf Mensch, da reimt sich nämlich nichts“.
Das Krokodil ließ sich nicht leimen.
„Auf jedes Wort lässt sich was reimen“,
behauptete es kühn und frech.
„Wenn es misslingt, dann hast Du Pech.
Das wär´ mir allerdings sehr lästig.
Reime Dich, Mensch, oder ich fress´ Dich.
Zwar: Voller Bauch studiert nicht gern.
Doch hungern liegt mir auch ganz fern.
Denn bei dem Menschen, wie beim Harung,
brauchen auch Geistesblitze Nahrung“.
„Beißt, Krokodil, Du mich als Mensch tot,

dann stirbst Du bald an meinem Trenchcoat,
denn seine Taschen (es sind viere),
sind voller giftiger Papiere
und diese heißen, bitte rate!
Genau, es sind Zertifikate.
Die sind mit reinem Gift beschriftet,
woran sich mancher schon vergiftet,
auch wenn die Rate-Agentur
sie anpries. Darin ist sie stur."
Der Mensch war traurig, und rief: „Merde!
Soll ich denn hier in fremder Erde
und gar in einem fremden Fluss,
jung sterben? Das wär kein Genuss."
„Du musst ja weder hier noch dort",
meint´s Krokodil. Doch dieses Wort,
hieß es nicht „Merde?
ist es, aus dem ich schlau nicht werde".
Drauf wieder er: „Das ist nicht schwer.
Das Wort und ich sind beide French".
„Mensch!", rief das Krokodil da, French!
Das ist, das Wort doch, das sich reimt
auf Mensch. Mensch, bist Du abgefeimt!".
Drauf lacht der Mensch:
„Ich bin Franzose,
zur Zeit mit einer vollen Hose.

Das nennt man Merde
hier auf der Erde.
Doch an der Oder oder Neiße,
da heißt es… anders."
„Darum musst Du Dich nicht mehr scheren"
wollt´ sich das Krokodil empören.
„Du kannst die Hose wieder leeren.
Du bleibst am Leben, lieber Mann.
Gut, wenn man fremde Sprachen kann."
Das Krokodil hat sich entfernt
und fremde Sprachen schnell gelernt.
Darum kann es jetzt ganz doll metschen
Doch auch schon mal die Zähne fletschen.
Es schwamm vom Nil zum Nordsee-Pril,
und fragte: „Watt?
Watt ist denn dat?"
Darauf der Lurch:
„Da musst Du durch.
Doch kommst Du so wohl kaum bis Bremen."
Drauf wollt´ es keine Rücksicht nehmen
und sprach: „Das ist doch meine Sache
Hauptsache: Ich beherrsch´ die Sprache.
Wenn ich Reime nur seh´,
dann ist alles o.k.."
„Pril, Nil oder Kiel:

Du bist sprachlos.
Ich: Dichtendes Krokodil
und lass´ mir in Kairo, Kiel oder Bremen
keine Art von Freiheit je wieder nehmen.
Doch macht Ihr aus uns noch weiterhin Taschen,
werde ich Euch vielleicht doch noch vernaschen."
„Krokodil ist verboten in der EU
für Taschen und Schuh,"
sagte der Mensch, „und jetzt kommst Du."
Da machte es einen Kroko-Deal,
verdichtete sich und verschwand im...N….u
mit dem letzten kroko-nilistischen Schuh.
Den hat es auf einen Diktator geworfen
Das hat es nur wegen des Reimes gedorfen.
Doch, der Diktator, der hat sich geschämt
und sich deshalb still in das Jenseits bequemt,
das lag in dem Pril im Nil hinter Kiel.
Und verbieten ließ sich das Reptil mitnichten,
die Freiheit, einfach drauf los zu dichten.
Es war Freiheitskämpfer jetzt unter vielen.
Darum darf man auch nicht mit Kroko dealen.
Doch umgekehrt wird ein Schuh daraus.
Damit schmeißt man die Diktatoren raus
und will man diese partout nicht schonen,
dann nimmt man statt Schuhen einfach Drohnen.

Denn Diktatoren, die keinem was nützen,
die muss man artenrechtlich nicht schützen.
Ganz anders Laufenten, die sehr beliebt,
damit es weniger Schnecken gibt.

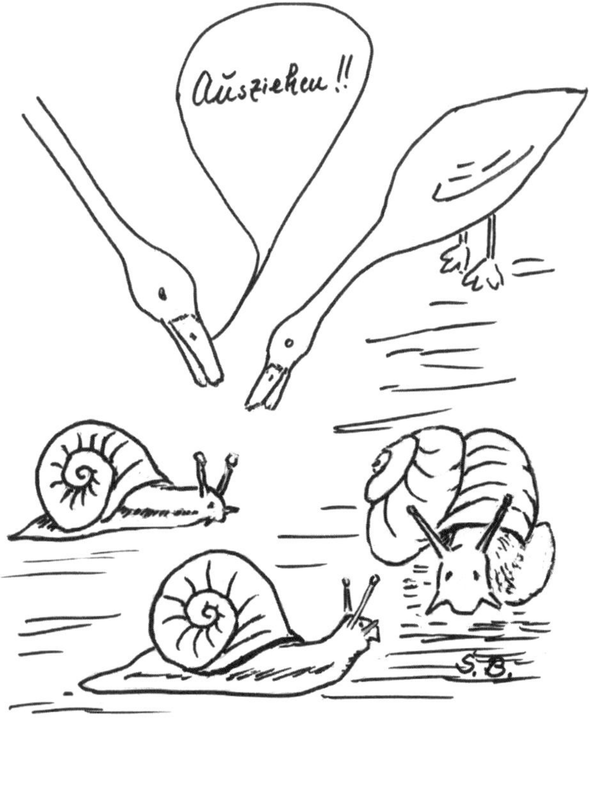

Laufenten

Es waren einmal zwei Laufenten,
die in dem Gras zusammen pennten.
So kriegten sie nicht eine Schnecke
und sie verfehlten ihre Zwecke
nicht ganz.
Denn statt deshalb zu wüten
begannen sie alsbald zu brüten.
Der Nachwuchs fraß zu guten Zwecken
in Zukunft reichlich nackte Schnecken.

Moral:
Es kann, wie immer auch, das Schlafen
teils Leben nehmen, teils auch schaffen.
Sie haben stets darauf geachtet,
dass man als Enten sie nicht schlachtet,
dieweil, gefüllt mit nackten Schnecken
den Menschenkindern sie nicht schmecken.
Viel schlechter ging es ihnen, wenn´ se
Laufenten nicht wär´n, sondern Gänse.

Die Gans

Es war mal eine Gans
am Anfang noch ganz ganz.
Als Weihnachten vorbei,
da war sie ganz entzwei,
jedoch als Weihnachtsbraten
ganz gut geraten.
Sie hoffte es vergebens
am Ende ihres Lebens,
dass sie am Leben bliebe
bei jenem Fest der Liebe.
Doch an den Weihnachtstagen,
da geht dann so zu sagen
die Liebe durch den Magen,
und ein Gebot geht flöten:
Du sollst nicht töten!
Kurz: Jede Toleranz,
die endet bei der Gans
Weihnachten voll und ganz.
Doch die Laufente
genießt die Rente.
Laufenten schmecken
zu sehr nach Schnecken.
Und selbst die böse kleine Zecke
vergreift sich ungern an der Schnecke.

S.Bl.

Zeckiger Schneckenkrieg

Die Zecke hatte seinerzeit
mit einer Schnecke großen Streit.
Die Zecke kam in große Wut
und schrie:
„Ich sauge Dir das Blut!“
Nur zu dem Zwecke, dass sich´s reimt
hat sie die Schnecke eingeschleimt
und konterte dazu gemein:
„Zeck! Erstens kannst Du gar nicht schrein,
und zweitens ist Dein Plan nicht gut,
denn Schnecken haben gar kein Blut“,
was für die Zecke großer Schiet is:
Sie starb an Zecken-Meningitis.
Weil sie der Schnecke forsch die Stirn bot,
war sie am Ende endlich hirntot.
Obwohl sie schließlich so verendet
hat sie doch kein Organ gespendet,
Nicht mal der König aller Tiere
legt Wert auf eine Zeckenniere.

Der Löwe

Der Löwe löwte durch die Wüste und nieste.
„Gesundheit!“ wünschte auf die Schnelle
dem Löwen höflich die Gazelle.
Dann war sie wech.
Sie hatte Pech,
jedoch auch Glück.
Das arme Vieh,
es nieste nie,
denn in dem engen Löwenmagen
gibt´s keinen Nießbrauch, so zu sagen.
Es wusste selbst das Drohmedar,
dass das nicht leere Drohung war.

Das Drohmedar

Es war einmal ein Drohmedar,
das drohte einem Tiger
und wurde doch kein Sieger.
Denn jenem schmeckte lecker
besonders dessen Höcker.
Auch Kim Jong Bumm,
der freche Gnom,
droht mit Raketen und Atom.
Doch eine kleine Drohne
ist auch nicht völlig ohne.
Vielleicht, wenn es noch nicht zu spät,
bringt sie fürs Volk ein Care-Paket.
Nur dieser Kim Jong Bumm
steht ohne was drumrum.
Zum Trost bringt dann vielleicht die Reste
der Bundesadler aus dem Neste,
was köstlich, wie gemalt ist,
wenn es dann nicht verstrahlt ist.

Der Bundesadler

Ein Adler, der im Reichstag thronte,
den er schon lange Zeit bewohnte,
der sprach: „Ich diente schon den Preußen.
Ich lass´mich nicht von Euch be…schummeln
und nicht an meinem Nest rum fummeln.
Da legt man mir jetzt Euros rein,
aus fremdem Land.
Muss das denn sein?
War ich als Adler lieb und teuer
macht Ihr mich jetzt zum Pleitegeier.
Ich werde noch sehr lange würgen,
an all´ den dummen deutschen Bürgen,
die mich jetzt täglich mehr verwirren,
durch Griechen, Banker und die Ir(r)en,
die all die Banken brav sanieren,
die nur auf ihren Reibach stieren.
Die Bundesmutti, die Angela,
machte dabei so manchen Fehla
Vielleicht löst das Problem sich ohne
den Rettungsschirm der Eurozone
in Brüssel einmal ganz empirisch:
Unmenschlich-tierisch:
Mit Mäusen und vielleicht mit Menschen,
mit Griechen und sogar mit Frenchen.

S.B.

Von Meisen und Menschen

Der Mensch,
Ich sag das mal ganz leise:
Der Mensch hat manchmal eine Meise.
Oftmals nur kurz,
wie es mir deucht,
wenn sie vom Hirn-Käfig entfleucht.
Damit jetzt keiner glaubt, ich spinne:
Ich mein´s im übertrag´nen Sinne.
Das heißt, dass Mensch bisweilen pennt,
wenn er das Tier beim Namen nennt
und dann den Namen tierisch trennt.
Zum Beispiel ist der kleine Zeisig
dann vorne Z und hinten eisig.
Tatsächlich (Ich sags nicht im Zorn)
ist hinten er so warm, wie vorn.
Dagegen hätte dann das Möwchen
vorne ein M, hinten ein Öfchen.
Doch auch die Möwe, wie man weiß,
ist hinten keineswegs sehr heiß.
Das Beispiel ist schon ziemlich alt
und lässt darum die meisten kalt,
wenn nicht gar eisig, so, wie den Zeisig.
Doch sind da auch noch and´re Tiere
(Es sind ganz sicher mehr als viere),

wenn man sie auseinandernimmt,
bei denen “endlich“ nichts mehr stimmt.
Damit jetzt keiner denkt, ich lüge,
nehm ich mal beispielhaft die Fliege:
Vorne F und hinten Liege.
Die sagte frech zu den Blindschleichen:
„Seid vorne blind und hinten Leichen.
Da kam ein dicker Elefant
vom fernen Afrika gerannt,
rief: „Wasser habt Ihr hier so viel,
ich brauche dringend mal Asyl.
In Afrika ist Wasser knapp.
Vom Laufen bin ich schon ganz schlapp,
drum lege ich mich auf die Liege
am Hinterteil der kleinen Fliege“.
Das fand dann auch tatsächlich statt.
Die Fliege war deshalb ganz platt,
weshalb die Blindschleichen laut lachten
und auch noch ihre Witze machten.
Sie scherzten vor den Fliegenresten:
„Wer zuletzt lacht, lacht am besten.“
Lachten, wie Blindschleichen so sind:
„Jetzt bist Du selbst, Du Fliegenkind
hinten platt und vorne blind.“
Das freute nicht die Schmeißfliegen.

Die mussten stets im Mais liegen.
Das fanden sie sehr übertrieben
und wurden auch noch falsch geschrieben.
Ganz ähnlich gings dem Albatros:
War vorne Alba, hinten Ross.
Das ärgerte sämtliche Pferde,
die vorne Pf und hinten Erde.
Fast neidisch war darauf der Has,
weil vorne H und hinten Aas.
Doch stimmt es erst seit jener Nacht,
in der der Fuchs ihn kalt gemacht.
Zumindest nach rund 13 Wochen,
da hat er nicht mehr gut gerochen.
Das lag an seinem Leichenalter.
Zum Glück kam ein Zitronenfalter,
der konnte grad noch für den Alten
Leichentuch aus Zitronen falten,
wonach der Has´ dann Gott sei Dank
von hinten auch nicht mehr so stank.
Dies freute samt Gedicht die Maus,
die vorne M und hinten aus.
Drum sag auch ich jetzt : „Aus, die Maus!“
Und fast mit Pferd, das einst begehrt.

WWW. FABELLA
EQUORUM
INCREDIBILIS. de
S.B.

Das Pferd

Das Pferd ist nicht nur für den Reiter
nebst Reiter/in der treueste Begleiter.
Auch als der Mensch das Rad erfand,
war es das Pferd, das sie verband.
Auf Feldern zog es brav die Pflüge.
Bei Kriegen sorgte es für Siege,
wie bei dem Ziethen aus dem Busch.
Kurz: Ihm gebührt so mancher Tusch.
Bei Kriegen wurd´ es oft zum Schandbild.
Davon zeugt manches Reiterstandbild
in Potsdam, Prag und in Berlin.
Den Herrscher, man hofierte ihn.
In stolzer Pose auf dem Pferd,
da hat man ihn im Pferd verehrt.
Noch heute preist in Autowerken
Karossen man in Pferdestärken.
Ps. Ich denk an CO2,
jedoch man denkt sich nichts dabei.
Und jene, die einst hoch zu Rosse
sitzen jetzt in der Staatskarosse.
Auch sie, sie fallen mal vom Sockel,
wie auf dem Pferd der eitle Gockel.
Es zählt nicht mehr die K. und K.
Kavallarie und Vallera.

Noch dominiert Amerika.
Dort zählen jetzt nur noch die Drohnen.
Das Pferd zieht auch nicht mehr Kanonen.
Wo Paris einst auf Weiber schwor,
gibt es in Zukunft Cyber-war.
Im Krieg mit den Amerikanern
kämpft man in Zukunft mit Trojanern.
Das Pferd ersetzen längst die Trecker
und die Raketen bald die Hacker.
Dann ist das Pferd nur noch für Reiter
im Sport der treueste Begleiter
und wird dadurch vielleicht so eben
auch ohne Kriege überleben.
Dann fliegt es für den Dichterstand,
als Pegasus durch Stadt und Land
und bleibt als solcher unterdessen
stets unvergessen.

Das Gürteltier

Das Gürteltier fing an zu lallen:
„Ich muss den Gürtel enger schnallen,
denn es gereicht mir nicht zum Wohl
der böse Teufel Alkohol.
Zwar machte es mir großen Spaß,
als ich gegor´ne Mangos aß,
die, das ist wirklich nicht zum Lachen,
ein Gürteltier betrunken machen.
Denn danach legte ich ein Ei
und kurz darauf dann nochmal zwei,
obwohl, das weiß doch jeder hier:
Ich bin und bleib´ ein Säugetier.
Die Spezies Säuger aber pflegen
im Leben nie ein Ei zu legen.
Drum glaube ich, ganz ohne Zweifel:
Es liegt am Alkohol, dem Teufel.
Die mittelalterliche Schule
hielt mich gar für´ ne Teufelsbuhle.
Ich wär gelandet (nicht fürs Saufen)
eindeutig auf dem Scheiterhaufen.
Doch damals war ich Glückskind eben
noch in dem Ei und nicht am Leben.
Und alle halten mich jetzt nur
für einen Fehlschlag der Natur.

Ich kann, das muss ich ehrlich sagen,
mein Los nur noch im Suff ertragen."
Gott schuf den Menschen, wie es scheint
und hat es dabei gut gemeint.
Der Teufel gab ihm Alkohol.
Seitdem fühlt sich der Mensch ganz wohl,
weil ihm der Fehlschlag nicht mehr stinkt
dann, wenn er trinkt,
wobei der Zustand dazu führt,
dass er Gene manipuliert.
Denn nüchtern, muss man ganz klar sagen,
würd´ er ja sowas nicht ertragen.
Manipuliert dann treu und brav
eierlegendes Wollmilchschaf.
Nur manchmal hört man ihn noch lallen:
„Ich muss den Gürtel enger schnallen!"
Doch außerhalb von dem Gedicht
tut er das nicht.
Bleibt bis zum Ablauf seiner Uhr
der größte Fehlschlag der Natur.

Eseleien

Ein stolzer Hengst (wenngleich ein Esel),
vom Niederrheine, nahe Wesel,
erlitt vor Zeiten eine Schlappe,
gar keine große, nur `ne knappe,
verliebte (Bento war sein Name),
sich glatt in eine Ponydame.
Und weil sie sich so gerne hatten,
beschloss er bald, sie zu begatten.
Und schon nach einem knappen Jahr,
weil Pony sie, er Esel war,
da kam ganz schüchtern und verstohlen,
aus jener Ponyfrau ein Fohlen.
Ein Schimmelchen und wohlgeboren,
nur hatte es sehr lange Ohren.
Im Ponypass mit schwarzem Kuli
stand drin: „Das Pferd, es ist ein Muli.“
Der Tierarzt sprach in allen Ehren:
„Dein Kind, es wird sich nicht vermehren,
weil Du, er konnte es kaum fassen,
Dich mit `nem Esel eingelassen.“
Bei Menschen ist das so beliebt,
dass es die Esel reichlich gibt
und sie mit vielen and´ren Tieren,
die Menschen in Berlin regieren.

Und sie vermehren sich seit Jahren,
egal, mit wem sie sich auch paaren.
Da hilft dann nicht einmal die Wende.
Doch jeder Schluss hat auch ein
ENDE!!!

hänssler

Hans-Joachim Eckstein

Du liebst mich also bin ich

Gedanken · Gebete
Meditationen

Dr. Hans-Joachim Eckstein ist
Professor für Neues Testament
an der Evangelisch-theologischen
Fakultät der Universität Tübingen.
www.uni-tuebingen.de/ev-theologie/eckstein

Hänssler
Bestell-Nr. 393.633
ISBN 3-7751-3633-9

13. Auflage 2005

D-71087 Holzgerlingen
Internet: www.haenssler.de
E-Mail: info@haenssler.de
Anfragen richten Sie bitte an den Verlag.
Umschlaggestaltung: Ingo C. Riecker
Titelbild: Sybille Fischer-Bradford, Bodensee-Abend, 1996, Artothek
Satz: Vaihinger Satz + Druck
Druck und Bindung: Oldenbourg Taschenbuch GmbH
Printed in the Czech Republic

ecpa International Member of the
Evangelical Christian
Publishers Association

Wenn Gott für dich ist,
wie kannst du dann
gegen dich sein?

VORWORT

Der Glaube ist nicht nur eine Sache des Kopfes. Noch weniger kann er ausschließlich auf Gefühlen gründen. Vielmehr hat das Evangelium von Christus den ganzen Menschen im Blick. Es zielt auf Kopf, Bauch und Herz zugleich und will Verstand, Gefühl und Wille zu einer neuen und erlösten Einheit zusammenschließen.

Versöhnend und integrierend wirkt der Glaube auch in vielen Lebensbereichen, in denen wir uns oft als widersprüchlich und gespalten erfahren. So sind Selbstfindung und Suche nach Gott, Nächstenliebe und Selbstverwirklichung, konsequente Nachfolge und lebensbejahende Weltbezogenheit keine Gegensätze, sondern verschiedene Aspekte eines ganzheitlich gelebten Glaubens.

In dem vorliegenden Buch wechseln selbstkritische Betrachtungen mit ironischen Aphorismen, von Vertrauen und Geborgenheit geprägte Gebete mit Meditationen über zentrale Glaubensinhalte. Ob prosaisch oder lyrisch formuliert, ob tröstend und einfühlsam oder scharfzüngig und kritisch, haben die verschiedenen Abschnitte eines gemeinsam – sie möchten die Leserinnen und Leser zu einer ehrlichen Auseinandersetzung mit sich selbst ermutigen und sie in der Suche nach einer echten und befreienden Gestalt des Glaubens bestärken.

Da die Artikel thematisch nur lose verbunden sind und in sich abgeschlossene Einheiten bilden, können sie durchaus auch einzeln gelesen bzw. als Grundlage für Gruppengespräche verwendet werden.

Gewidmet ist das Buch sowohl denen, die sich ungebrochen ihres Glaubens freuen, wie denen, die sich nach einer Zeit der Krise und Entfremdung eine neue, nachkritische und reife Ursprünglichkeit wünschen.

Hans-Joachim Eckstein

WER BIN ICH?

Auf die Frage, wer ich bin, gibt es tausend Antworten – ein jeder, der mich kennt, gibt eine andere. Aber welche davon ist die zutreffende, und gibt es verschiedene, welche die für mich verbindliche?

Stimmt das Bild, das meine Freunde von mir haben? Oder liegt die Wahrheit eher auf der Seite meiner Feinde? Kennt mich meine Familie am besten – oder die am allerwenigsten?

Bin ich vielleicht das, was ich tue? Beschränkt sich gar mein Wert auf den Wert meiner Arbeit? Zwar lebe ich oft nur noch, um zu arbeiten – anstatt zu arbeiten, um zu leben –, aber ich weiß wohl letztlich selbst, dass das nur Flucht ist und nicht Antwort auf die Frage nach dem Wesen meines Lebens.

So ziehe ich mich still in mich zurück, um bei mir selbst zu hören und zu lernen. Doch sind die Stimmen, die ich da vernehme, zu meiner Überraschung genau dieselben, die ich draußen hörte. Es tönt in mir so, wie es draußen klang, und meine Bilder von mir selbst sind die gleichen, die andere von mir haben.

Es scheint, dass ich die Antwort auf die Frage nach mir selbst nicht unabhängig von anderen finde und dass ich erst in der Begegnung mit einem Gegenüber zutiefst mir selbst begegne. Wenn das so ist, dann möchte ich mich aber nicht beliebig prägen lassen. Ich will nicht, dass gerade die Personen meine Identität bestimmen, mit denen ich mehr durch Zufall als durch Entscheidung häufig zusammen bin. Wenn von der Wahl meiner Bezugspersonen so viel abhängt, dann möchte ich sie unbedingt bewusst und aus Überzeugung treffen.

Bei meiner Suche nach der Person, die ich über alle anderen schätze und auf deren Meinung ich mehr als auf die all der anderen gebe, komme ich, mein Gott, auf dich – und frage dich: Wer bin ich?

Ich bin dein Ebenbild, dein Gegenüber! Du liebst mich – also bin ich. Ich bin von dir geliebt – das bin Ich!

IM WEGE STEHEN

Was soll Gott machen, wenn ich ihn bitte, die Hindernisse auf meinem Weg zu ihm wegzuräumen – und ich mir selbst im Wege stehe?

Wenn ich selbst das größte Hindernis bin, hat es keinen Sinn, nur irgendetwas anderes zu beseitigen. Beseitigt er aber mich, dann bin ich ja nicht mehr und kann auch nicht mehr zu ihm kommen.

Es ist das Geheimnis des Kreuzes und der Auferstehung Jesu, dass Gott mich als den alten Menschen mit Christus in den Tod gegeben hat, damit ich als der neue Mensch jetzt uneingeschränkt mit Christus leben kann.

Gott hat den Weg zu sich geebnet, indem er mir nicht nur etwas, nämlich meine Schuld und Sünde, sondern auch mich selbst, den Sünder, abgenommen hat.

So hat er mein Gebet schon lange erhört und alles, was mich von ihm trennt, beseitigt, damit ich mich nun – ungehindert von mir selbst – auf meinen Weg zu ihm machen kann.

DIE GANZ GROSSE LIEBE

Wenn wir uns
an einen anderen Menschen hängen,
weil uns die Suche nach uns selbst
zu mühsam ist,
dann haben wir ihn schon verloren,
bevor wir ihn gefunden haben.

Wenn wir aus Selbsthass in die Liebe
zu einem anderen Menschen fliehen,
dann wird unsere Liebe zu ihm
in Hass umschlagen,
sobald er uns – und somit
zu uns selbst gehört.

Wenn sich unser Ideal von Liebe
nur in Erwartungen an den anderen äußert
und nicht in unserer Bereitschaft für ihn,
dann werden wir auf die Bereitschaft
eines anderen wohl umsonst warten.

Wenn ... ja, wenn das alles so ist,
dann sollten wir wohl
mehr von *uns* erwarten
als von der großen Liebe –
das erwartet die *Liebe* von uns.

UND IST GEFUNDEN WORDEN

Die Suche nach uns selbst
und nach dem Ort,
wo wir zu Hause sind,
gestaltet sich deshalb
so schwierig,
weil wir letztlich nicht
auf das Finden aus sind –
sondern auf das Gefunden-Werden.

Zutiefst ahnen wir,
dass wir uns selbst nur
finden können,
wenn wir von einem
Gegenüber gefunden werden.

Entsprechend erkennen wir uns,
wenn wir zum Glauben finden,
wie selbstverständlich als jemanden,
der von Gott gesucht
und gefunden wurde.

Lukas 15,1-32

AUF DER SUCHE

Er fuhr nach Indien, denn
es schien die Reise ihm
ins eigne Herz zu weit.

Doch wüsste er, wie nah
für ihn das Fernste liegt,
er hätte Ruhe
für den Rest der Zeit.

WEGLAUFEN VOR GOTT?

Wenn Gott ruft:
»Adam, wo bist du?«,
dann ist wichtiger
noch als die Frage,
wo ich gerade bin,
die Frage,
wo ich hinlaufe.

1. Mose 3,8-10

FEIGENBLÄTTER

Eine unrichtige –
aber wahre Erklärung:

Warum nahmen Adam und Eva
bei ihrer Abkehr von Gott
ausgerechnet Feigenblätter?

Weil es Feigheit ist,
sich vor Gott zu verstecken.

FLASCHE

Du sagst, du hältst dich selbst
für eine Flasche.
Du seist ein für Gott unbrauchbarer
und zum Leben ungeschickter Mensch.

Das ist nun freilich noch kein Grund,
gleich zu verzweifeln.
Denn auch die gewöhnlichste Flasche
kann durch einen kostbaren Inhalt
ausgesprochen wertvoll werden.

Wenn Gott selbst
durch seinen Geist in dir wohnt
und das in dir bewirkt,
was du an sich nicht sein kannst,
dann bist du durch ihn
– Flasche hin oder her –
ein unendlich wertvoller Mensch.[1]

TOTAL VERFAHREN

Wenn wir aus Versehen den Rückwärtsgang drin haben und deshalb in die falsche Richtung fahren, dann hilft kein Beschleunigen und kein Gasgeben – sondern nur Bremsen, Schalten und Umkehren.

Wenn wir Gott in unserer Verzweiflung darüber, dass bei uns alles so verkehrt läuft, um seine Kraft und Unterstützung bitten, dann wird er uns, weil er uns liebt, mit Sicherheit nicht geben, worum wir ihn bitten. Wie sollte er auch fördern, womit wir uns schaden, und beschleunigen, was uns von ihm wegführt?

Bevor er uns erhört, wird er wohl warten, bis wir uns besinnen und merken, dass wir uns mit unserem Verhalten von ihm und uns selbst wegbewegen.

So bleibt uns dann in unserer verfahrenen Situation nur noch das eine und einzig Richtige übrig – nämlich: zur Ruhe kommen, schalten und umkehren!

UNGLAUBLICH – ABER GLAUBHAFT!

»Da sie aber noch nicht glaubten vor Freude ... «

Lukas 24,41

Es gibt eine sonderbare Art des Unglaubens, die sich allein daran stößt, dass das Erkannte einfach zu schön ist, um wahr zu sein. Als der Auferstandene seinen Jüngern begegnet, können sie das, was sie sehen, nicht glauben – aus keinem anderen Grund als dem, dass sie sich unglaublich freuen.

Wie oft haben wir die Botschaft des Evangeliums in unserem Leben schon abgeschwächt, nur weil wir nicht glauben wollten, dass es in dieser traurigen Welt tatsächlich eine solch ›erfreuliche Nachricht‹ gibt. Wie häufig schon haben wir den persönlichen Zuspruch Gottes in Hinsicht auf uns selbst relativiert, nur weil er so gar nicht zu unserer persönlichen Biographie und Erfahrung passt.

Ist uns bewusst, dass wir damit das Negative zum Maßstab für unsere Wahrheit machen und das Traurige und Schwere zum Kriterium unseres Glaubens? Wir sind mit dem, was uns abwertet, hindert und schadet, so vertraut, dass wir dem, was unser Leben und unser Glück fördern will, erst gar kein Vertrauen mehr schenken können. Um uns nach allen bisherigen Enttäuschungen auf keinen Fall neue Illusionen zu machen, verzichten wir lieber ganz auf die Hoffnung und begegnen allem Vielversprechenden vorsorglich mit Misstrauen.

Nun ist aber das Evangelium von Gottes Liebe zu uns die Wahrheit, die sich aller menschlichen Enttäuschung entgegenstellt, und die Nachricht von der Auferstehung Christi sprengt grundsätzlich alles, was wir aus Erfahrung für wahrscheinlich halten. So sind wir eingeladen, gerade das zu glauben, was unendlich schön ist, und das für wahr zu halten, was uns Grund zu überschwänglicher Freude gibt. Denn die gute Nachricht Gottes ist zu wahr, um nicht als schön erkannt zu werden, und die Wirklichkeit des Auferstandenen ist für uns als Glaubende unglaublich glaubhaft.

DU SOLLST LEBEN!

Du sollst leben, du sollst lieben,
du sollst mein sein, spricht der Herr;
denn ich hab es dir versprochen,
darum fürchte dich nicht mehr!

Denn der Herr, dein Gott, ist bei dir,
und er freut sich über dich;
er vergibt in seiner Liebe,
will dich trösten, wenn er spricht:

Komme wieder, komme wieder!
Sieh mich an und komm zurück!
Denn ich gehe dir entgegen,
dir zu helfen voller Glück.

Herr, wir kommen, dich zu loben!
Herr, wir freuen uns an dir!
Deine Liebe zu erwidern,
dir zu leben, sind wir hier![2]

GRENZENLOSE LIEBE

Du hast uns, Herr, mit einer grenzenlosen Liebe beschenkt. Grenzenlos ist sie, weil du bereit warst, auch das Wertvollste, das eigene Leben, aus Liebe für uns zu lassen; grenzenlos aber auch, weil du durch deine Liebe alle Grenzen überwindest und die für dich gewinnst, die dir gleichgültig und feindlich gegenüberstehen.

Wir lieben Menschen, die liebenswert sind, und fühlen uns zu den Liebenswürdigen hingezogen. Wir lieben, weil uns unser Gegenüber als wertvoll erscheint. Deine Liebe zu uns aber ist an keine Voraussetzungen und Bedingungen geknüpft, sondern sie gilt *uns* – wie wir sind – und nicht nur unseren liebenswerten Seiten.

Du liebst uns nicht nur, insofern wir liebenswürdig sind, sondern du liebst *uns an sich*, und das gibt uns das Bewusstsein unserer Einmaligkeit und unseres Wertes. Du liebst uns nicht, weil wir wertvoll sind, sondern wir erkennen uns als wertvoll, weil du uns liebst.

ÜBERWÄLTIGENDE LIEBE

Wenn wir erkennen, Herr, wie wertvoll wir in deinen Augen sind und wie umfassend uns deine Zuwendung gilt, können wir nicht länger distanziert bleiben. Vielmehr wollen wir uns dir gegenüber so vorbehaltlos öffnen, wie wir von dir angenommen sind, und uns auf dich so unbedingt einlassen, wie wir von dir geliebt werden. Wir wollen von dir und deinem Geist so bestimmt sein, dass unser ganzes Leben und Verhalten im Zeichen deiner Liebe steht.

So bewirkt deine grenzenlose Zuneigung, dass wir uns verändern, und deine voraussetzungslose Liebe bringt uns dahin, dass wir ihr immer mehr entsprechen wollen. Gerade in ihrer Unbedingtheit erweist sie sich also als eine überwältigende Liebe, die uns unweigerlich überwindet.

Herr, deine Liebe ist für uns – gerade indem sie voraussetzungslos und bedingungslos gilt – so folgenreich und prägend wie keine andere Erfahrung.

ICH BIN …

Ich bin
so groß oder klein,
breit oder schmal,
auffällig schön
oder unauffällig hässlich
– oder auch umgekehrt –
wie ich nun mal bin.

Mein Kopf ist mein Kopf
und meine Füße sind
meine Füße,
und alles dazwischen
bin auch ich.

Ich bin auf den Tag
genau so alt,
wie ich bin –
warum sollte ich
mir auch voraus-
oder hinterherlaufen?

Ich habe meine Fähigkeiten
und meine Grenzen
und möchte beide

genau kennen lernen,
um mit ihnen bestmöglich
leben zu können.

Was in mir steckt,
will ich entfalten,
was ich kann,
möchte ich tun –
nicht mehr
und nicht weniger.

Ich habe meine eigene,
unverwechselbare Geschichte,
die es weder zu verdrängen
noch zu beschönigen gilt.
Freude und Leiden,
Erfolg und Verlust
stehen darin nebeneinander,
und beides hat mich
zu dem gemacht,
was ich heute bin.

Ich habe die Ausbildung,
den Beruf und die Stellung,
die ich habe.
Möglichkeiten, mich zu verbessern,
nehme ich gerne wahr –

aber über Unmöglichkeiten
will ich mir nicht
den Kopf zerbrechen
und mir durch den
Vergleich mit anderen
nicht dauernd selbst
das Leben schwer machen.

Du weißt, Herr,
dass das nicht immer so war.
Zu meiner Überraschung begann
der Weg zu mir selbst da,
wo ich mich auf den Weg
zu dir machte.
Als ich dich so sehen wollte,
wie du wirklich bist,
begann ich zugleich mich selbst
mit neuen Augen zu sehen.
Als ich mich mit dir
versöhnen ließ,
wurde ich auch zunehmend
mit mir selbst und
meinem Leben versöhnt.

Damals wie heute
möchte ich dich annehmen
als das, was du bist –
mein Herr und mein Gott.

Und damals wie heute
erfahre ich,
dass ich gerade darin
mich selbst annehme
und werde, was ich bin –
dein Mensch.

NIEMAND ANDERS

Ich bin niemand anders
als ich selbst
und brauche auch
kein anderer zu sein.

Nur anders will ich
noch werden,
nämlich noch mehr
ich selbst,

so wie Gott mich sieht
und ich mich
immer wieder erkenne,

so wie Gott mich will
und ich mich
selbst schätze.

IM WESENTLICHEN

Wenn du mich fragst,
wann ich das letzte Mal
etwas Wesentliches gesagt habe –
vielleicht ist es
nur wenige Sekunden her.

Wenn ich dir sagen soll,
wann ich wesentlich gehandelt habe –
es wird mir sicherlich ein Beispiel
aus den letzten Tagen einfallen.

Und wenn du dich danach erkundigst,
wann ich wirklich und wahrhaftig
wesentlich gelebt habe –
mein Gott, es wird doch nicht
Jahre her sein!

NACHRUF AUF EINEN TAPFEREN ZEITGENOSSEN

Er war durchaus bescheiden und erwartete nicht zu viel vom Leben. Eigentlich darf man ihm nicht einmal unterstellen, dass er selbst lebte – er ließ leben und begnügte sich damit, durch Ton und Bild am vorgespielten Leben anderer teilzunehmen.

Nicht anders hielt er's mit der Liebe! Er wusste stets, was wahre Liebe ist; denn schließlich hatte er genug gesehen und gelesen. Allerdings mochte er sich selbst zu einer vorbehaltlosen und ganzheitlichen Beziehung nicht entscheiden – wie kann man sich an einen anderen Menschen auch so total verlieren? Er hatte noch genug Ballast und Bindung aus der Kindheit mitgenommen, so dass sein Sinn durchaus nicht frei war, sich schon wieder neu zu binden.

Gleichwohl war er verheiratet mit einer lieben und verzichtgeübten Frau, die dank ihrer guten Erziehung gern bereit war, ihr Leben für das ›Nichtleben‹ ihres Mannes aufzuopfern – und für das der Kinder. Es kam nämlich – bei allem, was wir einschränkend zu der Beziehung sagten – bei unseren beiden zu dem einen oder anderen Kind.

Die Kinder kamen ihm auf manche Weise gar nicht ungelegen. Zunächst einmal bestärkten sie ihn in der von ihm geschätzten Überzeugung, dass er grundsätzlich doch ein arg geplagter und vom Leben kräftig durchgeschüttelter Mensch sei. Dann gaben sie ihm auch den festen Rahmen, den er liebte. Durch sie war ihm die Qual einer gezielten Lebens- und Freizeitgestaltung weitgehend abgenommen.

Die Dinge liefen nun von selbst – und er ›liebhasste‹ diese Zwänge. Doch halfen ihm die Kinder auch in seiner Ehe. Mit überraschend großer Freude begann er bald die eigene Frau mit Kindermund als ›Mama‹ anzusprechen. Dadurch konnte er leichter vergessen, dass seine Frau sich von ihrer Ehe doch etwas mehr versprochen hatte, und es machte ihr schön deutlich, was ihr Mann vor allem von ihr wollte. So fühlte er sich wohl – im Kreis der Kinder bei der ›Mutter‹.

Doch war er ja die meiste Zeit gar nicht zu Hause, sondern fort, bei der Arbeit. Er plagte sich für Mutter – Pardon, Ehefrau! – und Kind. Ich muss gestehen, dass er mir niemals erzählte, was er nun eigentlich tat und bewegte – nur dass es schrecklich anstrengend und wichtig war, das hat er mir verraten. Es muss in jedem Fall eine sehr sinnvolle und für die Welt als Ganzes unentbehrliche Aufgabe gewesen sein, da er sich nie und nirgends schonte – und selbiges auch nicht mit den doch heiß geliebten Seinen tat.

Indessen hatte er durchaus auch seine kleinen Freuden; so aß er ausgiebig und rauchte und trank auch hin und wieder, d. h. täglich. Auf irgendeine geheimnisvolle Weise erinnerten ihn diese Genüsse des Mundes an die Geborgenheit seiner frühen, unbeschwerten Tage. Und in der Tat machte das unmäßige, aber regelmäßige Trinken ihm das Leben leichter. Ließ es ihn doch vergessen, was ihm – natürlich unverschuldet, und nur vielleicht ein bisschen selbstverschuldet – nachging. Er konnte sich dabei ganz glänzend distanzieren von den noch immer ungelösten Fragen seines Lebens – und dann vom Leben überhaupt. Zehrte es doch ziemlich an seinen Kräften, die angesammelten Probleme vor sich herzuschieben – wie ein Schneepflug.

So wirkte er in seinen letzten Jahren überwiegend abgespannt und müde, obwohl er sich in Hinsicht auf Sport und Bewegung keine Zwänge auferlegte. Im Gegenteil, er schonte sich und ruhte, wo er konnte; er mied es, sich bei alledem auch noch körperlich zu belasten. Trotzdem nahm die Gesundheit und Vitalität seines Lebens auf tragische Weise unaufhaltsam ab. Und nun kam es zu seinem frühen Ende – das Ende eines Menschen, der sich wahrlich nur geplagt und für sich selbst aufgeopfert hat.

Zutiefst betroffen schreibe ich jetzt diese Zeilen, betroffen nicht etwa über die Kürze, sondern über die Art seines Lebens. Denn »Mühe war sein Leben« – und man hat Mühe zu sagen, was sein Leben war.

ENDGÜLTIG LEBEN

Die Gegenwart nicht nur als Vorstufe des Lebens verstehen, sondern als das eigentliche Leben; sein Glück nicht auf die Illusion gründen, dass das wahre Leben erst in späteren Jahren beginnt, sondern hier und jetzt ganz gegenwärtig sein; – nicht ewig vorläufig, sondern endgültig leben.

Andererseits die Gegenwart so gestalten, dass die eigene Zukunft nicht verbaut, sondern vorbereitet wird; heute so entscheiden und handeln, dass es auch morgen noch ein erfülltes Jetzt gibt; bei allem vom Ziel her denken, sich an dem orientieren, was vom Ende her als gültig erscheint – also auch in diesem Sinne ›end-gültig‹ leben.

Herr, das Leben mit dir ist für uns endgültiges Leben. Wenn wir vor dir stehen, erleben wir unsere Gegenwart als erfüllend. Wir brauchen unser Glück nicht von zukünftigen Veränderungen abhängig zu machen, sondern wissen uns schon heute von dir angenommen und gehalten. Trotz aller Vorläufigkeit und Unzulänglichkeit der gegenwärtigen Situation haben wir schon jetzt unsere Mitte in dir. Hier und jetzt können wir erleben und genießen, hier und heute können wir wesentlich sein und handeln.

Überraschend an dem Leben mit dir ist, dass wir gerade dann ganz in der Gegenwart stehen, wenn wir uns ganz an deiner Zukunft orientieren, dass wir heute am intensivsten leben, wenn wir uns konsequent am Morgen ausrichten. Deine Zukunft mit uns wird zum Maßstab für unsere Gegenwart, und dein Kommen erfüllt uns schon heute mit Glück. Wenn wir jetzt das leben, was wir auch dann noch als wesentlich erachten, leben wir in jeder Hinsicht endgültig.

KONSEQUENZ

›Konsequenz‹ kommt von
(lat.) *consequi*,
und das heißt: ›nachfolgen‹.

Nachfolge aber bedeutet:

folgerichtig
das ganze Leben ausrichten
an Christus,

beharrlich
an der Liebe festhalten
wie Christus

und zielstrebig
nach der Wahrheit suchen
in Christus.

AUF DEM WASSER GEHEN?

»Und Jesus sprach: Komm her! Und Petrus trat aus dem Schiff und ging auf dem Wasser und kam auf Jesus zu.« Matthäus 14,29

Als Historiker kann ich fragen, ob etwas kausal nicht Ableitbares und Analogieloses überhaupt historisch sein kann – und skeptisch mit den Schultern zucken.

Als Pädagoge kann ich mir bewusst machen, dass solch eine Erzählung die Kinder nur auf dumme Gedanken bringt. Bin ich nicht selbst als kleiner Junge – auch ohne die Geschichte von Petrus zu kennen – auf zu dünnem Eis schon eingebrochen und wäre fast ertrunken?

Als Theologe kommen mir Bedenken, ob das Bild für das Tun des Unmöglichen nicht falsche Hoffnungen weckt und ob die einmal zerstörten Illusionen nicht in noch größere Verzweiflung umschlagen können. Geht es beim Glauben nicht vor allem um die Annahme der menschlichen Schwachheit und um das Akzeptieren der eigenen Grenzen?

Und doch! Was soll ich denn tun, wenn ich es immer wieder erlebe, dass ich dich beim Wort nehme, das Boot meiner vermeintlichen Sicherheiten verlasse, mich allein von dir her verstehen und zu dir hin unterwegs sein will und dann feststelle – dass das Wasser trägt?

EIN HOFFNUNGSLOSER FALL?

Ich bin ein hoffnungsloser Fall – schreibst du –, seit vielen Jahren versuche ich zu glauben und komme absolut nicht vorwärts. Geistlich gesehen bin ich wie tot, und es hat keinen Sinn, Gott nochmals um Hilfe zu bitten. Was soll er denn von mir halten, wenn ich immer wieder auf seine Gnade angewiesen bin? Bei meinen Voraussetzungen kann er mich sowieso nicht gebrauchen. Vermutlich wird Gott sogar froh sein, mich Versager endlich loszuwerden! – Soweit dein Brief.

Nun möchte ich deine Verzweiflung über dich selbst nicht einfach überspielen, doch was du über Gott sagst, ist – Gott sei Dank! – nicht richtig.

Als Gott Sara und Abraham das Versprechen gab, ihnen den lange ersehnten Sohn zu schenken, da waren sie mit 89 bzw. 99 Jahren weit jenseits der Grenze, bis zu der die Hoffnung auf eigene Kinder realistisch ist (1. Mose 17f.).

Mose bereitete sich nicht nur volle vierzig Jahre auf seine Aufgabe vor, sondern verbrachte dann auch noch weitere vierzig Jahre mit der Betreuung einiger Schafe in der Wüste – und das bei seiner Ausbildung! Als Gott ihn schließlich dazu berief, sein Volk zu führen, war Mose nicht weniger als 80 Jahre alt – und zeigte sich auch jetzt noch nicht besonders willig (2. Mose 2–4; Apg 7,20ff.).

Du siehst, dass Zeit und Alter für Gott weder von Vor- noch Nachteil sind. Unsere Fähigkeiten und Stärken werden von ihm sicherlich berücksichtigt, das bedeutet umgekehrt aber nicht, dass er sich durch unsere Unfähigkeit und Schwachheit von seinem Vorhaben mit uns abbringen ließe. Wenn Gott einen Menschen gebrauchen will, dann gebraucht er ihn so, wie er ist – menschlich gesehen zu alt (1. Mose 17,17; 18,11f.), zu jung (Jer 1,6f.), zu unfähig (2. Mose 4,10–12) oder zu schwach (2. Kor 12,8–10).

Selbst dass du dir geistlich wie tot vorkommst, ist für Gott noch kein Grund, dich aufzugeben. Als Jesus Lazarus beim Namen rief, war dieser nicht nur müde oder schwach und krank, sondern tot – so tot, dass es schon nach Verwesung roch (Joh 11). Welche Voraussetzungen brachte er noch mit? Welche Bedingungen konnte Lazarus denn von sich aus erfüllen? Und trotzdem sprach Jesus ihn an und forderte ihn zu etwas auf, was er von sich aus unmöglich tun konnte – »Lazarus, komm heraus!«

Wir dürfen also davon ausgehen, dass Gott selbst gibt, was er von uns verlangt, und dass er – wie schon damals bei der Schöpfung – durch sein Wort selbst bewirkt, was ohne ihn nicht da ist. »Er sprach: Es werde ... ! Und es ward ... « (1. Mose 1,3ff.). – »Wenn er spricht, so geschieht's; wenn er gebietet, so steht's da« (Ps 33,9). Dabei lässt sich der Schöpfer dieses neuen Lebens sogar vom Tod in seiner Liebe nicht begrenzen.

Wie sehend war denn Bartimäus, als Jesus ihm befahl: »Sei sehend!« (Mk 10,46–52 und Parallelstellen [par])? Wie stark war der Gelähmte, als Jesus zu ihm sprach: »Steh auf!« (Mk 2,1–12 par)? Wie viel Hoffnung und Zuversicht hatten sie noch für ihr Leben, bevor sie damals auf Jesus trafen?

Was wir in Hinsicht auf Tote, Blinde und Lahme zugestehen, gilt aber nicht weniger für den Menschen, zu dem Jesus mit der gleichen Vollmacht sagt: »Folge mir nach!« (Mk 1,16–20 par; 2,13–17 par). Denn auch bei Levi, einem der »Zöllner und Sünder«, erschafft Jesus selbst, wozu er ihn beruft.

Warum war die Sünderin, die Jesus salbte, von seiner Liebe und Vergebung so überwältigt (Lk 7,36–50)? Doch nicht, weil sie meinte, Anerkennung und Bestätigung verdient zu haben. Vielmehr war es die Voraussetzungslosigkeit und Bedingungslosigkeit der Zuwendung Jesu, die sie ganz überschwänglich dankbar reagieren ließ.

So könnten wir noch lange weitermachen und über Petrus reden, der trotz seiner Verleugnung Jesu wieder angenommen wurde (Mk 14,66–72 par; Joh 21,15ff.), oder von Paulus, der als Verfolger der Gemeinde zum Apostel berufen wurde (1. Kor 15,8f.; Gal 1,13–16).

Doch kommen wir zurück zu dir! Es mag schon sein, dass du wirklich ein hoffnungsloser Fall bist und keine guten Voraussetzungen für den Glauben mitbringst – aber es sieht nach alledem so aus, als hätte unser Gott geradezu eine Vorliebe für – menschlich gesehen – hoffnungslose Fälle.

WORAN LIEGT'S?

Nicht unsere Schwachheit
ist unser Problem,
sondern die Art,
wie wir damit umgehen.

DIE KRAFT DES GLAUBENS

Als die Jünger Jesus bitten: »Mehre uns den Glauben!«, werden sie von ihm – trotz ihrer guten Absichten – eines Besseren belehrt (Lk 17,5f.).

Auch wenn sie einen Glauben haben, der so klein ist wie das sprichwörtlich winzige Senfkorn, ist ihnen auch bei diesem Glauben noch menschlich Unmögliches möglich – denn für das Unmögliche steht das Ausreißen des sprichwörtlich fest verwurzelten Maulbeerbaums.

Zu Recht verstehen die Jünger ihren Glauben als Geschenk von Gott, weshalb sie Jesus auch darum bitten. Zu Unrecht aber erwarten sie vom Glauben, dass er die Kraft für alle Anforderungen und Anfechtungen in sich selbst trägt, weshalb sie um die Vermehrung ihres Glaubens bitten.

Der Glaube aber, den Gott schenkt, macht gerade frei von der Konzentration auf die eigenen Möglichkeiten und Grenzen; er lässt die Glaubenden von sich selbst weg- und auf Gott hinschauen. Denn es ist nicht der Mensch, der aus der Kraft seines Glaubens an Gott festhält, sondern es ist Gott, der durch seine Kraft den Menschen beim Glauben hält.

Wenn es somit nicht auf einen großen Glauben ankommt, sondern auf den Glauben an die Größe Gottes, kann es für die Gläubigen eigentlich auch nicht darum gehen, dass ihr Glaube stärker wird, sondern nur darum, dass sie zunehmend die Stärke ihres Gottes erkennen – und gerade darin liegt die Kraft des Glaubens.

WAHRE STÄRKE

So stark muss ich
erst einmal werden,
dass ich schwach
sein kann,
ohne es als Schwäche
zu empfinden.

DER ENTSCHEIDENDE SCHRITT

Wie ist es möglich, Herr, dass ich seit Jahren versucht habe, unabhängig von dir für dich zu leben, anstatt zu verstehen, dass du selbst durch mich leben willst? Wie konnte ich dich immer wieder um Kraft bitten, wenn du selbst als meine Stärke bei mir bist, wie um Liebe, wenn du selbst als die Liebe in mir wohnst?

Wie oft habe ich dir in dieser Zeit Versprechen gegeben, die ich dann doch nicht eingelöst habe. Unzählige Male habe ich mir vorgenommen, mich endgültig zu ändern, endlich ganz neu und ganz anders anzufangen – solange, bis ich selbst nicht mehr daran glauben konnte. Immer wieder versuchte ich bei geeigneten Anlässen ›aufzutanken‹, um in meinem Alltag mit dem nötigen Schwung bestehen zu können – aber meine Vorräte gingen mir oft schon aus, bevor ich wieder richtig zu Hause war.

Ich merkte wohl, dass sich der Glaube nicht speichern und das Leben nicht konservieren lässt. Jedoch zog ich daraus die falschen Schlüsse. Ich verzweifelte abwechselnd an dir, an meinem Glauben und mir selbst – aber zweifelte zu wenig an der Art, wie ich meinen Glauben lebte. Ich kam nicht auf den Gedanken, dass ich vielleicht mit dem richtigen Glauben an den wahren Gott glaubte – aber eben auf falsche Weise.

Ich dachte, du wärst mir mit deinem Kreuz und deiner Auferstehung viele entscheidende Schritte entgegengekommen – bis auf den *einen*, den ich allein und ohne dich zu gehen hätte. Ich fühlte mich verpflichtet, auch etwas von mir aus für dich zu tun, nachdem du schon so viel für mich getan hattest. Aber je mehr ich mich anstrengte, desto verkrampfter und verzweifelter wurde ich. Zwar bat ich dich stets um deine Unterstützung, aber letztlich suchte ich das Entscheidende doch bei mir.

Jetzt erkenne ich, dass gerade das mein Fehler war, dass ich von mir etwas erwartete, was du gar nicht von mir gefordert hattest, dass ich etwas erkämpfen wollte, was ich in dir schon längst hatte.

Du bist mir nicht nur neun – oder auch neunundneunzig – Schritte entgegengekommen, so dass jetzt alles an meinem einen eigenen Schritt läge, sondern du bist *alle* – zehn oder hundert – Schritte auf mich zugekommen, damit ich nun jeden Schritt, den ich zu gehen habe, *mit dir* und *durch dich* gehen kann.

So will ich dir von nun an nichts mehr versprechen – aber möglichst alles erlauben. Ich möchte dich nicht mehr nur für meine Geschichte beanspruchen, sondern mich für deine Geschichte mit dieser Welt und mit mir öffnen. Ich werde dich weniger um Dinge bitten – aber dir für viel mehr danken; danken dafür, dass es keine Situation geben wird, in der du nicht bei mir sein wirst, danken dafür, dass du selbst mit deiner

Gnade und Treue mir alles das bist, was ich brauche, um nach deinem Willen zu leben.

Jetzt bin ich mein Leben nicht mehr leid, sondern auf dein Leben gespannt. Ich brauche nicht mehr an mir zu verzweifeln, sondern kann auf dich hoffen. Ich habe erkannt, dass nicht ich den Glauben trage, sondern der Glaube mich trägt. Alle deine Worte werden für mich plötzlich zu Verheißungen, weil ja auch deine Aufforderungen von dem sprechen, was du selbst durch mich tun willst. Ich bin befreit davon, ständig meinen eigenen geistlichen Puls zu fühlen, weil ich weiß, dass dein Herz wirklich für uns Menschen – und damit auch für mich – schlägt.

Nicht dass sich bei mir selbst etwas Entscheidendes geändert hätte und ich plötzlich stark wäre, wo ich vorher schwach war. Nein, neu ist nur, dass ich anfange zu verstehen, was ich in dir gefunden habe. Ich brauche weder etwas Neues noch etwas anderes, als ich schon lange habe; aber *das* brauche ich – nämlich *dich*. Und dies ist auch das Befreiende und Beglückende an meiner neuen Erkenntnis, dass es in meinem Glauben auf dich ankommt und um dich geht.

Wie ich *mich* kenne, werde ich das immer wieder vergessen – aber *du* vergisst es nicht. Und wie ich *dich* kenne, wirst du mir in deiner unendlichen Geduld dann wieder die Augen öffnen und mich zu dir zurückholen, und dafür danke ich dir von ganzem Herzen.

Eines aber wird mir noch lange unfassbar bleiben: Wie ist es möglich, Herr, dass du immer noch und trotz allem an mir festhältst?

FREI!

Wenn ich nicht mehr
unter dem Gesetz bin,
sondern unter der Gnade,
kann ich endlich
tun und lassen –
was Christus will!

LASSET EUER LICHT LEUCHTEN

Der direkteste Weg zu einem
glaubwürdigen Leben
führt über einen
lebenswerten Glauben.

GLAUBE UND ERFAHRUNG

Der Glaube macht Erfahrungen,
aber er gründet nicht auf Erfahrungen.
Der Glaube bezieht auch
unsere Gefühlswelt mit ein,
aber er basiert nicht auf Gefühlen.
Unser Glaube will gelebt werden,
aber er lebt nicht vom Erleben –
er hat nicht, was er sieht, im Blick.

Grundlage unseres Glaubens
ist der Zuspruch Gottes.
Verlassen können wir uns
ausschließlich auf sein Wort –
dass er unbedingt zu uns steht
und dass er das vollenden will,
was er in uns begonnen hat.

So gilt es, an Gottes Zusage festzuhalten,
auch da, wo sie gegen alle Erfahrung steht,
und sich an seine Verheißung zu klammern,
auch wenn unsere Gefühle
das Gegenteil behaupten.

Es ist unsere Unerfahrenheit,
die uns dazu verleitet,
die eigene Erfahrung überzubewerten.

Ein erfahrener Glaube weiß,
dass er sich von Erfahrungen
nicht abhängig machen darf.[4]

BEWÖLKT

Es käme keiner auf den Gedanken,
an der Existenz der Sonne zu zweifeln,
nur weil sie sich gerade
hinter Wolken verbirgt.

Was ist das für ein Glaube,
der gleich an der Existenz Gottes zweifelt,
sobald er nicht mehr sieht und fühlt?

Ich möchte lernen,
mich an der Sonne zu freuen,
auch wenn sie nicht zu sehen ist.

GELASSEN

Gelassenheit ist die Kunst,
in der gegenwärtigen Situation
schon den Abstand zu gewinnen,
den sonst erst die Zeit schafft.

HINTER MEINEM RÜCKEN

Es gibt Tage,
da bin ich mir selbst so fremd
und so wenig mit mir einverstanden,
dass ich mich selbst hintergehen muss –
um dann hinter meinem Rücken
mit Gott zu sprechen.

BETEN UND ...

Während wir beten, sollten wir
nebenher nichts anderes
denken oder tun –
aber bei allem, was wir
denken, sprechen oder tun,
können wir gleichzeitig beten.

ERINNERST DU DICH?

Von schönen Erinnerungen
können wir nicht leben –
aber manchmal wird uns
durch die Erinnerung an
wesentliche Erfahrungen
unseres Lebens
wieder neu bewusst,
wovon und womit wir
wirklich leben können.

Es hat keinen Sinn,
in der Vergangenheit
zu leben –
aber wenn wir uns
mit Hilfe der Erinnerung
Vergangenes vergegenwärtigen,
kann es uns helfen,
ganz und gar
in der Gegenwart zu leben.

GEFÜHLSSACHE

Wenn wir uns
von unseren Gefühlen
abhängig machen,
lassen sie uns im Stich.

Wenn wir uns aber –
auch ungeachtet unserer Gefühle –
allein von dem her verstehen,
was wirklich trägt,
werden sie
über kurz oder lang
zu uns zurückkehren.

WAS IST DARAN ERSTAUNLICH?

Überraschtes es uns, wenn ein Kind vor Weihnachten nur noch ein Thema hat, nämlich die Bescherung, der es entgegenfiebert?

Ist es ungewöhnlich, wenn ein Jugendlicher von seiner ersten Reise ohne Eltern, seinem ersten Auto, seiner ersten eigenen Wohnung, seinem ersten eigenen ... völlig begeistert ist und unentwegt davon redet?

Wer ist verwundert, wenn zwei Verliebte ständig aneinander denken und jede passende und unpassende Gelegenheit nutzen, um in Gedanken beim anderen zu sein und von ihm zu sprechen?

Warum erstaunt es uns dann, wenn Paulus seine junge, vom Glauben ganz erfüllte Gemeinde dazu ermuntert, ›ohne Unterlass‹ zu beten?

1. Thessalonicher 5,17

RECHTFERTIGUNG

Indem Gott uns in Christus
geschenkweise rechtfertigt,
gibt er uns als Gottlosen
sein Recht –
das heißt aber nicht,
dass er uns in unserer
Gottlosigkeit Recht gibt.

Das Evangelium spricht
von der Rechtfertigung
des Gottlosen –
nicht aber von der
der Gottlosigkeit.

Römer 4,5; 5,6

DAS IST DIE FRAGE

»Was nennt ihr mich aber Herr, Herr, und tut nicht, was ich euch sage?« Lukas 6,46

Dass du, Christus, der Herr der Welt bist und der meines Lebens, ist meine tiefe Überzeugung; also wäre es nur folgerichtig, wenn ich mein ganzes Leben an dir ausrichten und mich an dir in allem orientieren würde.

Ich glaube fest, dass du uns nicht nur Leben gibst, sondern für uns in Person das Leben bist. Ich habe erfahren, dass mein Bezogensein auf dich mein Leben und das Leben anderer ausschließlich fördert und die Trennung von dir allemal Verlust an Leben bedeutet. Wenn ich mich aber bei dir wie nirgendwo sonst entfalte, was suche ich dann außerhalb von dir und deinem Leben? Wäre es nicht nahe liegend, dass ich mich im Zweifelsfalle für dich als das Leben entscheide – anstatt für das, was ich gerade lebe?

Ich weiß auf Grund des Evangeliums, dass du uns, Herr, liebst – und das so sehr, dass wir dich selbst die Liebe nennen. Weshalb wähle ich dann trotzdem so oft einen anderen Weg als den deiner Liebe? Wieso entscheide ich mich so häufig für das, was ich letztlich gar nicht will, und verbaue mir damit selbst die Erfahrung echter Liebe?

Auf deine Frage, warum ich nicht tue, was du sagst, obwohl ich dich doch »Herr« nenne, weiß ich keine vernünftige Antwort und habe für diesen Widerspruch auch keine mich entlastende Erklärung. Es gibt für die Inkonsequenz, durch die ich mein Leben und das Leben anderer wider besseres Wissen einschränke, keine guten Gründe. Ich kann es selbst nur als absurd empfinden, wenn ich unter der Herrschaft eines solchen Herrn nicht lebe, was ich glaube, und nicht glaube, was ich bekenne.

Meine Hoffnung ist aber, dass du mich über deine unbeantwortbare Frage nicht mehr zur Ruhe kommen lässt und mich durch sie ständig an das erinnerst, was ich selbst für wahr und richtig halte. Ich bitte dich, dass du mein »Herr, Herr« ernster nimmst, als ich es tue, und mich behaftest bei dem, was ich letztlich will und glaube.

SYMPHONIE FÜR EINE STIMME OHNE ORCHESTER

Wenn wir beginnen, Christus zu erkennen,
und anfangen, zu anderen
über seine Erkenntnis zu sprechen,
dann kommen wir uns oft vor wie einer,
der über Kopfhörer eine Symphonie hört
und die Umstehenden durch sein Summen
am Genuss teilhaben lassen will.

Es muss an Gottes Geist liegen,
dass einige bei unseren
unzulänglichen Versuchen
tatsächlich das ganze Orchester hören.

MESSERSCHARF

Wenn sich einem Christen
nach allem gesetzlichen
Müssen und Nicht-Können
endlich das Evangelium erschließt,
dann gilt von ihm
das bekannte ›Zitat‹:
»... und also schloss er
messerscharf,
dass er sein kann,
was er sein darf.«

GELEBTER GLAUBE

Was von uns als
an Christus Glaubenden
erwartet wird,
ist nicht
Aktion für Gott,
sondern Reaktion
auf Gottes Aktion.

WES DAS HERZ VOLL IST ...

Wenn wir vorgeben, »Evangelium« zu predigen, und die Hörer immer nur »Gesetz« verstehen – liegt das dann nur an ihnen?

Wenn wir meinen, von Gottes Liebe zu sprechen, und unser Gegenüber nicht von Dankbarkeit und Freude, sondern von Angst und Traurigkeit erfüllt wird – ist das dann lediglich ein Missverständnis?

Warum nur reden wir so viel vom Negativen, wenn es um die »Erfreuliche Nachricht« geht? Wie kommen wir eigentlich dazu, das Licht anhand der Finsternis und das Leben mittels des Todes zu verkündigen? Weshalb beklagen wir andauernd die Zustände der Welt, anstatt die des Reiches Gottes zu preisen? Wieso sprechen wir mehr vom Unglauben und der Sünde als von der Befreiung durch Christus und dem Leben mit ihm? Lässt sich denn der Glaube an Christus wirklich nicht mit positiven Worten und Gedanken darstellen?

Kann es vielleicht sein, dass bei dieser Art der düsteren Verkündigung eher unser eigenes Herz als das Evangelium offenbar wird? – »Denn wes das Herz voll ist, des geht der Mund über«, und wes der Mund übergeht, des muss das Herz voll sein.

Lukas 6,45

PREDIGTLOB

Werden wir als Verkündiger
nach einer Predigt gelobt,
sagt das noch gar nichts
über deren wahre Qualität.

Loben die Hörer nämlich
nur die Predigt,
dann war sie schlecht;
loben sie allerdings Gott
und vergessen
vor lauter Begeisterung
über das Evangelium,
unsere Predigt zu erwähnen,
dann war sie wohl sehr gut.

VERPREDIGT

Wenn wir Menschen zum Glauben führen wollen und sie nicht allein an Christus, sondern an uns selbst binden, dann haben wir sie nicht geführt, sondern *ver*führt.

Wenn es uns bei unserer Verkündigung letztlich nicht um das Heil der anderen und die Anerkennung Christi geht, sondern vielmehr um unsere Selbstdarstellung, dann haben wir – auch wenn wir die Wahrheit sagen – *ver*sagt.

Wenn wir mit Gottes Wort so leichtfertig umgehen, als wäre es das Selbstverständlichste auf der Welt und für uns beliebig verfügbar, dann haben wir selbst es nicht erkannt, sondern *ver*kannt.

Und wenn wir nicht Jesus Christus allein predigen – und zwar als den, der für uns aus Liebe gestorben und auferstanden ist –, sondern irgendetwas anderes, dann haben wir, auch wenn es noch so fromm geklungen hat, das Evangelium nicht gepredigt, sondern ganz und gar *ver*predigt.[6]

DUBEZOGEN?

Nachdem der zu Tisch geladene Prediger
während dreier Gänge allein
von sich gesprochen hatte und
von seinen Vorzügen im speziellen,
wandte er sich huldvoll lächelnd
seinem Gastgeber zu:

»Jetzt habe ich so viel von mir geredet,
lass uns – gemäß der Nächstenliebe –
nun endlich auch von dir sprechen!
Wie fandest *du* denn meine Predigt?«

IN ALLER DEMUT

Wenn ich mich selbst
für demütig halte,
ist das ein Anzeichen
von Hochmut.

BIBELÜBERSETZUNG

Wir Christen sind
die einzige Bibel,
die heute noch
von einer breiten
Bevölkerungsschicht
gelesen wird –
aber ich fürchte,
wir sind die
schlechteste Übersetzung.

GLAUBWÜRDIG?

Nicht nur reden,
sondern handeln –
nicht nur handeln,
sondern sein!

GEWUSST WIE

Da unser Glaube
darin gründet,
dass Christus
in uns lebt,
heißt es für uns
bei der Bewältigung
des Lebens
nicht nur
›gewusst wie‹,
sondern vor allem
›gewusst *wer*‹.[7]

GESCHENKT

Ich habe hier ein Geschenk für dich! —
Au, das ist schön. Vielen Dank! —

Halt, so einfach ist das nicht! Du musst es erst annehmen. Erst wenn du es annimmst, gehört es dir. —

Klar, deshalb hab ich mich ja bedankt. Ich freue mich sehr darüber und nehme es gerne an. Also nochmals, vielen Dank! —

Nein, warte mal! Ich habe den Eindruck, du nimmst das zu leicht. Das Geschenk ist zwar voraussetzungslos, aber nicht bedingungslos. Du brauchst es dir nicht zu verdienen, aber an eine Bedingung ist es schon geknüpft. Du musst es ganz bewusst und von dir aus entgegennehmen, sonst gehört es dir nicht. —

Jetzt bringst du mich aber ganz durcheinander. Dass ich das Geschenk annehmen will, habe ich doch schon gesagt – und warum redest du die ganze Zeit von ›müssen‹? Selbstverständlich habe ich das Geschenk nur, wenn ich es annehme; aber wozu betonst du das dauernd? Ich will mich doch beschenken lassen. Wo liegt denn eigentlich das Problem?

Auf mich wirkt das so, als hätte die Sache irgendeinen Haken, als müsste ich mir durch mein Verhalten das kostenlose Geschenk erst verdienen. Die dankbare Annahme ist doch die normale, spontane Reaktion; wieso klagst du das so umständlich ein?

Ist es dir denn nicht recht, wenn ich mich einfach am Geschenk freue? Warum komplizierst du das Ganze so? Man könnte ja fast den Eindruck haben, dass du mir meine Situation nicht richtig gönnst. Da wäre es bald einfacher, ich zahle den Preis selbst; dann weiß ich wenigstens, wo ich dran bin ... —

Ein Geburtstagsgeschenk würde wohl keiner von uns mit solch unpassenden Worten überreichen – er käme sich taktlos vor. Aber wenn es um das Geschenk des ewigen Lebens und die geistliche Geburt geht, kommen sich manche bei ihren einschränkenden und strengen Reden durchaus fromm vor.

SIND WIR CHRISTUS?

Wenn es denn wirklich so wäre
– wie gerne gesagt wird –,
dass Christus keine Lippen hätte
außer unseren Lippen,
keine Füße
außer den unseren
und keine Hände
außer unseren Händen,
dann hätte er freilich allen Grund,
auch noch *kopflos* zu werden.

EIN GUTER CHRIST?

Es gibt nur einen,
von dem man
uneingeschränkt
sagen kann,
dass er ein guter
Christ ist –
Jesus Christus selbst.

Wir anderen sind es
in dem Maße,
wie Christus
durch uns leben kann.[8]

DER PIONIERMISSIONAR

Pioniermissionar sollte man werden! Alles stehen und liegen lassen, Koffer packen, Tickets kaufen, mit dem Dampfer übern großen Teich – und dann irgendwo allein ganz von vorne anfangen! Wo einen keiner kennt, wo man keine Geschichte hat! Nochmals eine weiße, völlig unbeschriebene Seite in der Biographie aufschlagen und mit frisch gespitztem Bleistift alles neu und alles anders schreiben! —

Meinst du denn, das ginge so ohne Schwierigkeiten? Stellst du dir das nicht zu simpel vor? Irgendwo am Nullpunkt anfangen – ohne Voraussetzungen, ohne Hilfe, nur Gefahren, Widerstände, Rückschläge! Dann noch Schlangen, Ungeziefer, Hitze, Krankheit – und kein Mensch, der sich bekehrt! —

Ja, das wär es! Endlich eine echte Herausforderung. Nicht nur dieses laue Christsein, sondern so ein richtig kerngesund gelebter Glaube – wie bei Paulus und den andern. Die Bereitschaft, was wegzustecken, gehört dann dazu. Nur nicht so zimperlich sein! Die Gefahren machen doch den Reiz aus. Da wird's wenigstens nicht langweilig. Du hast eine konkrete Aufgabe, und die ziehst du durch. Du stehst deinen Mann, weil es auf dich ankommt – da weißt du, wofür du da bist. Und das Ganze noch für einen guten Zweck! —

Ja, wenn du das so siehst! Das ist natürlich was anderes. Da wüsste ich dir zufällig sogar was Passendes. Ein lauschiges Plätzchen – hab neulich erst Dias davon gesehen! Sieht zunächst ganz harmlos aus. Aber der Schein trügt. Die Mission ist reine Knochenarbeit, so gut wie null Erfolg. Und wenn sich mal einer bekehrt, dann kriegt der Druck von der Familie und den andern. Bei den Eingeborenen kannst du natürlich so gut wie nichts voraussetzen. Finsterstes Heidentum! Da bist du ganz schön gefordert. Na, und dann die sozialen Probleme! Also, du weißt schon – echte Pionierarbeit! Nichts für Weichlinge, sondern für Leute, die das Abenteuer lieben und Kondition haben.

Und dann stehst du natürlich im Ernstfall allein da. In der weiteren Umgebung gibt es zwar noch ein paar andere Einzelkämpfer, aber die müssen ja auch sehen, wie sie sich durchschlagen. Na ja, und die übrigen Schwierigkeiten wie Klima, Krankheit, Hüttenbau, Nahrungs- und Materialbeschaffung kommen dann noch dazu ... —

Du, das is' es! So was mein ich. Wo soll'n das sein? —

Na, wo schon? Bei dir zu Hause! —

!!?!

DER REISELUSTIGE ADAM

Wenn du versuchst,
durch äußere Veränderungen
deinen *Alten Adam* loszuwerden,
dann pass nur gut auf!

Ehe du dich versiehst,
hast du unter deinem Gepäck
auch einen Koffer mit den
Initialen *A. A.*

DAS ALTE IST VERGANGEN?

Wenn wir erkennen,
dass Christus in uns
das Neue an der
Neuen Kreatur ist –
dann sieht unser Alter Adam
alt aus.[9]

ICH WILL DIR HELFEN

Mission – von lat. *missio* – bedeutet Aufgabe und Sendung, nicht aber Flucht und Ersatzbefriedigung.

Wenn wir ›in alle Welt hingehen‹, weil wir mit uns nicht allein sein können, dann bekehren wir Menschen zur Einsamkeit, aber nicht zur Gemeinschaft mit Christus.

Wenn wir anderen helfen wollen, weil uns keiner geholfen hat, dann machen wir sie nur noch hilfloser.

Und wenn wir liebesbedürftige Menschen mit der Erwartung lieben, dass sie uns zurücklieben, dann enthalten wir ihnen gerade das Wesentliche an der Liebe – nämlich die Bedingungslosigkeit – vor.

Im besten Fall werden diese Menschen selbst wiederum zu unerlösten Erlösern und rettungslosen Rettern; andernfalls bleiben sie noch verzweifelter und einsamer, unmündiger und liebeshungriger als vorher zurück. Oder müssen wir sagen, dass die erste Möglichkeit die noch traurigere ist?

Denn was ist schlimmer als ein Blinder, der sich für sehend hält, und anfängt, anderen den Weg zu weisen?

Lukas 6,39

GEBEN UND NEHMEN

Geben ist seliger als Nehmen –
doch manchmal auch leichter.

Da wir zu stolz sind,
uns einfach beschenken
zu lassen,
tun wir uns mit dem
unseligeren Nehmen
oft noch schwerer
als mit dem ohnehin
schon schwierigen
Geben.

Apostelgeschichte 20,35

ICH BIN, ICH KANN UND HABE NICHTS!

Doch, du bist sehr viel! Du bist etwas, was kein anderer Mensch auf der Welt sein kann – nämlich du! Freilich bist du nicht der andere, mit dem du dich vergleichst und neben dem du dir so klein vorkommst. Aber wärst du er, dann würdest du dich auch wieder mit anderen vergleichen und mit dir selbst unzufrieden sein.

Du kannst manches; und vieles, was du kannst, hast du noch gar nicht entdeckt und entwickelt, weil du dich ständig nach Dingen ausstreckst, die du nicht kannst. Nichts gegen einen gesunden Ehrgeiz; aber wenn er dich krank macht und aufreibt, dann ist er ungesund. Wer sagt dir denn, dass du erst dann zur Ruhe kommen darfst, wenn du tust, was deine Fähigkeiten übersteigt?

Kann es vielleicht sein, dass die Stimmen, die dich ständig antreiben, alles vollkommen, alles ganz angestrengt und alles noch besser zu machen, viel mehr aus dir selbst kommen als aus deiner akuten Lebenssituation? Und falls diese abwertenden und zerstörerischen Botschaften doch aus deiner Umgebung auf dich einstürmen, ist es dann nicht auch möglich, dass du als die richtige Person am falschen Platz bist?

Du siehst, du hast sehr viel, was kein anderer hat, und es spricht nichts dagegen, dass du dich noch mehr entfaltest. Hingegen scheint mir deine Unzufriedenheit mit dir selbst zum großen Teil darin zu gründen, dass du dich selbst und deine Situation mit dem falschen Maßstab misst und stets auf das schaust, was für dich gerade unerreichbar ist. Stehst du – im Bild gesprochen – nicht zu viel am Zaun deines Lebensgartens und schaust dauernd in fremde Gärten, um zu sehen, was du nicht hast? Darüber aber droht dein eigener Garten zu verwildern, den du vor lauter Selbstabwertung und Fremdorientierung noch gar nicht ausgiebig erforscht hast.

Du bist, du kannst und hast also nicht nichts; sowenig irgendjemand auf der Welt alles zugleich ist, kann oder hat! Aber du bist, du kannst und du hast viel – und wenn dir das bewusst wird, bist du reicher als viele von denen, die du jetzt beneidest.

EINE NUMMER ZU GROSS?

Mit 17 träumen wir davon, durch unser Leben die Welt zu bewegen. Vielleicht sind wir ja dazu ausersehen, etwas ganz Großes und Besonderes zu leisten!

Mit 27 trauen wir es uns durchaus zu, in unserem beruflichen und privaten Aufgabenbereich Überdurchschnittliches zu bewirken. Uns motiviert die Überzeugung, dass wir unsere Umgebung grundlegend und bleibend zum Positiven hin verändern können.

Mit 37 hoffen wir – nachdem wir manche Federn lassen mussten – zumindest im begrenzten Rahmen und bei einigen uns wichtigen Menschen von großer Bedeutung zu sein. Liegt nicht das Geheimnis jedes Erfolges in der Konzentration auf das Wesentliche, und bedeutet Konzentration nicht zwangsläufig Beschränkung?

Mit 47 ist der Traum von dem ganz großen Wurf dann wohl für alle Zeit vorüber. Zu ähnlich ist doch unser Leben dem Leben all der anderen, die wir einst leidenschaftlich verändern wollten. Was uns so schreckt, ist die an sich schlichte Erkenntnis, dass wir – auch wir! – nur ganz normale und begrenzte Menschen sind. Der Wahrheit über unser Leben sehen wir tief ins Auge – und fliehen oder halten stand.

Müssen wir eigentlich erst 57 oder 67 oder ... Jahre alt werden, um zu begreifen, was wir auch schon mit 17 wissen könnten – dass Jesus Christus und nicht wir selbst die Grundlage unseres Glaubens ist und dass die Hoffnung auf ihn und sein Wirken in dieser Welt nicht von den Illusionen lebt, die wir uns von uns selbst machen?

ABSOLUT UNENTBEHRLICH!

Es ist vor mir Jahrtausende
ohne mich gegangen,
und wenn ich nicht mehr bin,
wird es auch sehr gut
ohne mich gehen.

Wie komme ich nur darauf,
dass ich den kurzen
Augenblick meines Lebens
für diese Welt
absolut unentbehrlich bin?

KANN ICH?

Wenn ich nicht kann,
was ich will,
dann will ich eben,
was ich kann,
und bilde mir ein,
alles zu können,
was ich nur will.

GOTT SCHUF DEN MENSCHEN

»Lasset uns Menschen machen ...!«,
sprach Gott bei der Schöpfung –
»Ihr werdet sein wie Gott!«,
war das Versprechen
einer anderen Stimme.

Menschlich hat uns Gott erschaffen;
solange wir aber ständig
auf Übermenschliches aus sind,
werden wir unmenschlich bleiben.

SO DER HERR WILL ...

Wann sind wir schon
bei unserem Planen
von dem Gedanken
bestimmt:
»So der Herr will
und wir leben ...«?

Da ist uns die
umgekehrte Aussage
bald geläufiger:
»So der Herr lebt
und wir wollen ...«

Jakobus 4,15

KEINE STUNDE ZU FRÜH

Man soll den Tag
nicht vor dem Abend
loben –
aber den Herrn.

REDEN IST SILBER ...

Reden ist Silber,
Schweigen ist Gold! —
Und was ist Platin?

Reden um der
Liebe willen –
auch wenn um
meiner selbst willen
Schweigen Gold wäre,

und dem anderen zuliebe
schweigen –
auch wenn das
Silber des Redens
für mich selbst
gut genug wäre.

DER KLÜGERE ...

»Der Klügere gibt nach ... «,
und darin liegt die Chance
des Dummen.

Wie oft haben wir schon
als kluge und gläubige Menschen
der aufdringlichen Ungerechtigkeit
und Dummheit dieser Welt
nachgegeben –
nicht etwa aus Tugend und Glauben,
sondern aus Feigheit und Bequemlichkeit!

Hätten sich die Propheten und Apostel
an unser beliebtes Sprichwort gehalten,
dann wären sie wohl alle älter –
wir aber weder gläubig
noch klug geworden!

STILLE WASSER

Zwar sagt das Sprichwort:
»Stille Wasser gründen tief!«,
doch darf daraus keinesfalls
gefolgert werden,
dass ausgerechnet die
tiefgründigen Menschen
immer still sein sollten.

IM HIMMEL SIND SIE ALLE SO

Ist es nicht schwer, als Einzelner gegen den Strom zu schwimmen, sich in seinem ganzen Denken und Verhalten am Evangelium zu orientieren, wenn die meisten anderen sich nicht im Geringsten um den Glauben kümmern?

Da liegt es doch nahe, dass wir uns im Laufe der Zeit an das Verhalten der anderen anpassen und die alten Normen allmählich auch für uns wieder gelten lassen. Denn die Versuchung ist einfach zu groß, das Normale als normativ zu nehmen und das Übliche wieder zum Maßstab zu erheben. Genügt es nicht, dass wir im Vergleich mit dem, was andere leben, zu den Harmlosen gehören und neben den wirklich Bösen noch als vorbildlich gut erscheinen? Macht nicht der Blick nach unten deutlich, wie groß die sittliche Stärke selbst bei einem inkonsequent gelebten Glauben noch ist?

So geben wir – wohl nicht absichtlich, aber auch nicht ganz ohne Ahnung – die einmal von uns erkannte Wahrheit immer wieder durch unser gelebtes Leben preis. Selten durch eine bewusste Entscheidung, meistens durch die Summe der Unwahrhaftigkeiten, Anpassungen und Inkonsequenzen schneien wir auf diese Weise Flocke für Flocke ein, bis wir zuletzt erstarrt sind – eingeschlafen, ohne es zu merken.

Dagegen wird die Wahrheit selbst noch lange nicht zur Lüge, nur weil sich keiner daran hält; und die Lüge wird nicht wahrer, wenn sie von allen vertreten wird. Dass die Mehrheit sich nicht an die Wahrheit hält, entschuldigt nicht die Minderheit, die es besser wissen sollte. Gemessen werden wir allemal an der verbindlichen Norm, nicht am Durchschnitt. Gefragt werden wir, ob wir richtig, nicht ob wir weniger schlecht gehandelt haben.

Doch muss der Blick auf andere nicht grundsätzlich falsch sein! Die Frage ist nur, an wem wir uns orientieren. Denn das Verhalten, das im Blick auf unsere Umgebung als ungewöhnlich erscheinen mag, ist für die anderen Gläubigen, die für Gott leben wollen, ganz normal. Wenn wir Christus als den Herrn der Welt und unseres eigenen Lebens anerkennen und bekennen wollen, dann stehen wir in der Gemeinschaft unzähliger Christinnen und Christen, die vor uns und gleichzeitig mit uns auf der ganzen Welt ihren Glauben leben. Wenn wir das Evangelium durch unser Verhalten und unsere Worte glaubhaft bezeugen wollen, dann haben wir keineswegs nur Jesus selbst und einige wenige Apostel auf unserer Seite. Und wenn wir an der Liebe festhalten und auch den anderen zu seinem Recht kommen lassen, selbst wenn der Hass uns menschlich näher läge, dann sind wir durchaus keine einzigartigen und besonderen Menschen – im Himmel sind sie alle so!

›Nachfolge bedeutet *Selbstverleugnung!*‹ – Nein, Nachfolge bedeutet Selbst*findung*! Denn wenn ich Christus nachfolge, dann finde ich bei ihm mein wirkliches und eigentliches Leben. Nur insoweit ich mir selbst im Wege stehe und mich durch meine Isolation von Gott vom Leben abhalte, muss ich mich von mir distanzieren – um mein wahres Selbst bei Christus zu finden.

›Heiligung bedeutet *Selbstaufgabe!*‹ – Nein, Heiligung bedeutet *Hingabe!* Heilig ist, was Gott geweiht und ihm zur Verfügung gestellt wurde. Heiligkeit ist keine Eigenschaft, die der Mensch durch eigene Frömmigkeit erlangt, sondern sie ist eine Bestimmung – nämlich die, für Gott und mit ihm zu leben. Heilig bin ich also, wenn ich mich mit meinem ganzen Leben Gott anvertraue und ihm gegenüber vorbehaltlos offen bin. Was aber soll ich Gott schenken, wenn ich vor lauter Selbstzerstörung nicht mehr bin? Was hat Gott von mir, wenn ich mich gar nicht ihm, sondern nur der frommen Beschäftigung mit mir selbst hingebe?

›Glauben bedeutet *Absterben!*‹ – Nein, an Christus glauben heißt, mit ihm – der für uns ein für alle Mal gestorben ist – zu *leben!* Mit seinem Kreuz und seiner Auferstehung hat uns Christus alles geschenkt, was wir für unser ewiges Leben jetzt und in Zukunft brauchen. Er hat durch seinen Tod den Tod getötet und durch sein neues Leben unser Leben neu geschaffen. Er ist an unserer Stelle und zu unseren Gunsten der Sünde gestorben, damit wir durch ihn und mit ihm frei sind von der Schuld und von der Herrschaft unseres alten Lebens. So sollen wir gar nicht erst versuchen, auch ohne Christus von der Sünde frei zu kommen, sondern unsere Freiheit in Christus beanspruchen. Wir brauchen nicht selbst zu sterben, sondern dürfen Christus glauben, dass er uns bereits in seinen Tod mit einbezogen hat, so dass wir jetzt mit ihm leben können.

In den Tod geben sollten wir allerdings die Vorstellungen unserer falschen Frömmigkeit – als ließe sich die Sünde von unseren eigenen verzweifelten Anstrengungen beeindrucken und als hätte der Gott des Lebens und der Liebe Gefallen am Sterben, Leiden und Zerknirschtsein seiner Kinder.

ADAM UND DIE BIBEL

Auch unser Alter Adam
zitiert gelegentlich
die Bibel.
Ein Vers, den er
besonders liebt,
ist Ruth 1,16:

»Wo du hingehst,
da will ich auch hingehen;
wo du bleibst,
da bleibe ich auch.«

Ausgesprochen ungern
lässt er sich allerdings
die Fortsetzung des Zitates
vorhalten –
sie erinnert ihn zu stark
an das Kreuzesgeschehen!

»Wo du stirbst,
da sterbe ich auch,
da will ich auch
begraben werden.
Der Herr tue mir
dies und das,

nur der Tod wird
mich und dich
scheiden« (V. 17).

VERFEHLT

Manche Sünde ist eine
irregeleitete Sehnsucht
nach Gott.

SPIEGEL-VERKEHRT

Wollen wir die Wahrheit über uns selbst erfahren und uns selbst prüfen, dann treten wir gerne vor den Spiegel und betrachten uns kritisch. Denn ein guter Spiegel – der nichts verzerrt und nichts beschönigt – zeigt uns allemal die Wahrheit. Wie sehr wir uns auch in unserer Phantasie über unsere Erscheinung getäuscht haben mögen, spätestens vor dem Spiegel sind wir wieder im Bilde darüber, wer wir wirklich sind.

Freilich wissen wir auch zu würdigen, dass ein Spiegel so diskret wie kein anderer das ihm anvertraute Geheimnis vergisst, sobald wir ihn verlassen haben. Zudem können wir ihm ungeniert und unbefangen tausendmal die gleiche Frage stellen, ohne dass er ungeduldig oder spöttisch reagiert. Aber vor allem anderen schätzen wir an ihm sein unbestechliches Urteil. Der Spiegel kann nicht lügen. Das Bild, das er von uns vermittelt, ist stets objektiv und richtig! – Wirklich?

Das Spiegelbild mag wohl an sich ›objektiv‹ sein, aber wir schauen nicht vorurteilsfrei in den Spiegel hinein, und was er uns zurückstrahlt, bewerten wir keineswegs neutral. Ob unser Urteil über uns selbst positiv oder negativ ausfällt, hängt vorrangig davon ab, mit welchen Augen wir hineinsehen.

Betrachten wir uns mit den Augen unserer Feinde, dann wird das Resultat vernichtend ausfallen. Gelingt es uns jedoch, uns selbst so anzuschauen, wie die Menschen es tun, die uns lieben, dann werden wir mit dem Ergebnis durchaus leben können.

Denn wenn jemand anderem unsere Nase nicht passt, dann wird er sie kaum schön finden können; und wenn jemand uns wirklich liebt – das heißt, so liebt, wie wir sind – dann liebt er uns mit unserer, wie immer gearteten, Nase. Der Maßstab für das, was als schön und attraktiv gilt, ist sowieso zeit- und kulturbedingt; und jeder, der den Normen seiner Umwelt nicht entspricht, hat trotzdem seine eigene Schönheit.

Nun befragen wir den Spiegel nicht nur in Hinsicht auf unser Aussehen. Unsere Blicke suchen in ihm gleichzeitig ein umfassendes Urteil über unseren Wert und unsere Bedeutung. Und hier gilt das Gesagte in noch viel tieferem Sinne als bei der äußeren Erscheinung. Denn einmalig und wertvoll sind wir allein in den Augen derer, die uns lieben. Unentbehrlich und wichtig sind wir nicht an sich, sondern nur für die Personen, die in ihrer großen Zuneigung zu uns nicht mehr ohne uns leben wollen.

An sich und losgelöst von allen Beziehungen, fühlen wir uns als Einzelne unter Millionen oft überflüssig und empfinden uns als austauschbar. Sehen wir uns selbst gar noch mit den Augen derer, die uns hassen, dann ist uns der Lebensmut vollends genommen, und wir verachten uns selbst.

Suchen wir aber unser eigenes Bild in den Augen dessen, der uns liebt, und betrachten wir uns folglich selbst mit dem Blick der Liebe, dann werden wir mit uns selbst versöhnt und nehmen uns als das an, was wir sind. Wir können uns selbst anerkennen – nicht nur unter Absehung unserer Grenzen und Schwächen, sondern gerade in Anbetracht des neuen Gesamtbildes.

Freilich kennen wir nur wenige Personen, in deren Augen wir uns positiv spiegeln können, und den einen, der uns vollkommen liebt, nämlich Gott, sehen wir noch nicht von Angesicht zu Angesicht. Jedoch sind wir als Erwachsene unserer Umgebung auch nicht hilflos ausgeliefert, sondern haben Einfluss darauf, von wem her wir uns verstehen. Wir können es lernen, uns auf das Urteil derer zu konzentrieren, die – bei aller Kritik an unserem falschen Verhalten – uns grundsätzlich bejahen und ernst nehmen. Wir haben die Möglichkeit, unsere positiven und wahrhaftigen Beziehungen zu vertiefen. Dabei wird uns die Liebe Gottes, die vollkommen, aber ›unsichtbar‹ ist, greifbar und verständlich in der menschlichen Liebe, die zwar unvollkommen, aber dafür ›sichtbar‹ ist.

Den Menschen aber, die uns grundsätzlich ablehnen, sollten wir nicht auch noch die Macht einräumen, unser Selbstbild zu bestimmen, sondern bei jedem Blick in einen Spiegel daran denken, dass wir uns unter Absehung der Liebe immer ›spiegelverkehrt‹ sehen. Weil Gottes Liebe und die Zuwendung der uns liebenden Menschen ganz wahr und wirklich sind, ist auch unser Spiegelbild erst, wenn wir uns mit ihren Augen sehen, im umfassenden Sinne wahr und realistisch.

ZU VIEL DES GUTEN

Es ist im Sinne Christi, dass wir das Böse mit Gutem zu überwinden suchen und erlittenes Unrecht nicht mit gleichem Unrecht vergelten (Röm 12,17.21; Mt 5,38–48). Das heißt aber nicht, dass wir als Christinnen und Christen die Rolle des Opfers regelrecht zu lieben und das Unrecht unwidersprochen hinzunehmen haben. Es tut mir weh, zu sehen, wie du dich ungeschützt den Angriffen unausgeglichener Menschen aussetzt und die Aggressionen anderer durch deine Gutmütigkeit geradezu auf dich ziehst. Du bist fast perfekt darin, selbst kein Unrecht zu tun; aber indem du es anderen so leicht machst, sich in der Rolle des Angreifers auszutoben, förderst du das Übel in der Welt mehr, als wenn du dem Bösen Einhalt gebieten und dich dem Unrecht anderer entziehen würdest.

›Friedensstifter‹ (Mt 5,9) werden wir doch nicht dadurch, dass wir jede Form der Auseinandersetzung vermeiden und uns bereitwillig als Opfer anbieten. Vielmehr sollen wir sowohl die Rolle des Täters als die des passiven Opfers verweigern und damit das ungute Wechselspiel des Unrechts immer wieder unterbrechen. Wir sollen weder ›Hammer‹ noch ›Nagel‹ sein, sondern uns dafür einsetzen, dass die Teufelskreise der Ungerechtigkeit aufgesprengt werden.

›Frieden zu schaffen‹ ist eine aktive Aufgabe – bei der es wahrhaftig nicht ohne eigene Schmerzen abgeht; mit passiver und lautloser Duldsamkeit hat das hingegen wenig zu tun. Die Apostel und Propheten sind nicht wegen ihrer Nachgiebigkeit und Schweigsamkeit verfolgt worden, sondern weil sie der Ungerechtigkeit und Lüge dieser Welt energisch widersprochen haben.

Bei den bestehenden Verhältnissen sind wir als Jüngerinnen und Jünger Jesu freilich wie eine kleine Schar von Schafen mitten unter einem Rudel von Wölfen (Mt 10,16a); doch sollen wir bei all den drohenden Gefahren den Raubtieren nicht auch noch in den Rachen springen. Natürlich ist es wichtig, dass wir im Kampf gegen das Böse nicht selbst zu Wölfen werden, sondern ›ohne Falsch‹ sind ›wie die Tauben‹. Doch gebietet uns Jesus gleichzeitig, uns unseren Verfolgern gegenüber so klug zu verhalten wie die sprichwörtlich listigen Schlangen (Mt 10,16b). Sosehr man die meisten von uns heute eher an die vorbildliche Unschuld der Tauben erinnern sollte, sosehr gilt *dir* der Hinweis Jesu auf die Klugheit der Schlangen. Denn wenn ich richtig sehe, hast du genug Arglosigkeit und Treuherzigkeit für einen ganzen Taubenschlag, aber deine Schläue und Gewandtheit im Umgang mit den Aggressionen anderer reicht kaum für den Vergleich mit einer jungen Blindschleiche – geschweige denn einer wirklichen Schlange.

Schütze dich! Rüste dich gegen Angriffe! Sorge bitte für dich! Liefere dich doch nicht so sinnlos aus! – Das bitte ich dich nicht etwa *trotz* deines Glaubens, sondern *wegen* deines Glaubens, nicht *obwohl* du eigentlich kein Unrecht tun willst, sondern gerade *weil* du das Unrecht in dieser Welt mindern und die Schuld nicht noch mehr vergrößern willst. Denn wir sollen wohl bereit sein, zu vergeben und uns mit dem anderen zu versöhnen, wenn er sein Unrecht einsieht (Mt 18,15–22), aber wir dürfen keinesfalls durch unser falsches Schweigen und Dulden den anderen in seiner Sünde noch bestärken und fördern.

Aber auch unabhängig davon, dass wir durch Nachgiebigkeit an der falschen Stelle die Schuld eines anderen Menschen noch verschlimmern können, ist dir in deiner zu großen Leidensbereitschaft vom Glauben her zu widersprechen. Der Gott, der in seiner Liebe nicht will, dass du irgendjemandem schadest, will genauso wenig, dass jemand dir schadet oder du dich gar noch selbst quälst. Anderen gegenüber bemühst du dich, immer Gutes und nie Unrecht zu tun – und man möchte meinen, du tust fast schon zu viel des Guten. Allerdings können wir uns auch an uns selbst versündigen, indem wir Gottes gute Absicht für unser eigenes Leben einfach übergehen. Tust du auf diese Weise an dem von Gott so sehr geliebten Menschen, der du selbst bist, nicht viel zu viel des Bösen?

FÜR ODER GEGEN MICH?

Wenn nicht einmal ich
für mich bin,
wer ist dann für mich?

Und bin ich nur
für mich selbst,
was bin ich dann?

Und wenn nicht jetzt
– wann?

(Nach Hillel)

FROMMER ALS GLÄUBIG?

Du sprichst immer wieder von deinem christlichen Gewissen und sagst, dass du zu diesem verpflichtet bist und zu jenem von Gott angehalten wirst. Gott fordere doch von dir, dass du dich aufopferst, klein machst und verausgabst. Du habest kein Recht darauf, erfüllt und glücklich zu leben. Nun fällt es nicht schwer, diese steilen Behauptungen anhand des Neuen Testaments zu widerlegen, so dass du – bei der Last der Beweise und Argumente – schon oft zugeben musstest: Christus möchte uns von unserem selbstzerstörerischen Leistungsdenken gerade befreien, er will weder unsere Anstrengung noch unsere Opfer, sondern vielmehr uns selbst und unsere Liebe.

Genau an diesem Punkt geschieht nun das Unerwartete: Dein Kopf gibt sich dem Evangelium geschlagen – doch dein Herz und dein Bauch gehen ihre eigenen Wege. Vom Verstand her gibst du der ›Erfreulichen Nachricht‹ Gottes Recht – aber alles andere in dir sperrt sich gegen die entlarvende und befreiende Erkenntnis. So bist du eher bereit, mit deinem Leben Gott zu widersprechen, als deine vermeintlich christlichen Überzeugungen aufzugeben. Nicht willentlich, aber faktisch hängst du mehr an deinen frommen Vorurteilen als an deinem Glauben an Christus.

Wenn das aber so ist, dann kommen wir bei allem rein theologischen Diskutieren an die eigentlichen Probleme noch nicht heran. Denn was dich zutiefst umtreibt, wurzelt gar nicht in vernunftmäßigen Überlegungen. Vielmehr scheinen deine negativen und selbstabwertenden Gedanken ganz tief in dir selbst zu gründen und in den scheinbar vernünftigen Argumenten lediglich ihren Ausdruck zu finden.

Folglich ist auch nicht die Botschaft Christi die Grundlage für deine Überzeugung, sondern deine Grundüberzeugung entscheidet darüber, was vom christlichen Glauben du annimmst und wie du es interpretierst. Was du für falsch und richtig hältst, wird gar nicht durch das Hören auf Gottes Wort entschieden, sondern du hörst ausschließlich heraus, was sich mit den traurigen Botschaften in dir irgendwie verbinden lässt. Auf diese Weise lässt du dir deine negative Haltung zu dir selbst durch die biblische Botschaft sogar noch bestätigen.

Unter diesen Voraussetzungen aber ist es absolut geboten, ›nicht einem jeglichen Geist zu glauben, sondern die Geister zu prüfen, ob sie von Gott sind‹ (1. Joh 4,1). Denn erst wenn wir die Stimme Jesu Christi unterscheiden lernen von den fremden (Joh 10,3f.), können wir die destruktiven Stimmen meiden und demjenigen folgen, der unser Leben im ganz umfassenden Sinne fördern und bewahren will (Joh 10, 5.10.27ff.).

Konkret bedeutet das, sich ganz bewusst mit den vertrauten inneren Grundbotschaften auseinander zu setzen und sich jeweils zu fragen, wo sie ihren Ursprung haben. Damit beginnt ein sicherlich mühsamer und langwieriger Entwicklungsprozess – aber jede Entdeckung wird uns neuen Lebensmut geben, und jede Entlarvung einer fremden Stimme lässt uns unserem wirklichen Herrn gegenüber mehr Vertrauen und Offenheit gewinnen.

Was ich mit diesen Grundbotschaften meine? Du hast z. B. einmal gesagt, es geschehe dir alles ganz recht und du habest es gar nicht anders verdient; es solle dir überhaupt nicht gut gehen und das Leben brauche dir auch keine Freude zu machen. Du seist für andere da, aber andere nicht für dich – meinst du –, du müssest alles Unrecht erleiden, dürfest aber selbst nicht einmal dein Recht beanspruchen. Du müssest alles vollkommen richtig machen und dürfest keine Schwächen zeigen, es sei deine Pflicht, immer etwas Besonderes zu sein und zu leisten – sonst seist du nicht akzeptabel ...

Wer spricht da aus dir? Wer hat dir diese fatalen Botschaften im Laufe deines Lebens eingetrichtert? Warum hältst du an ihnen so leidenschaftlich fest? Was bedeuten und was bringen sie dir? Bist du vielleicht mit der Opfer- und Verlierer-Rolle schon so vertraut, dass dir die Bestätigung und die Aussicht auf Glück ganz fremd erscheinen – dir am Ende sogar

Angst machen? War für dich die menschliche Zuneigung, die du erfahren hast, so sehr an Bedingungen geknüpft, dass du dir gar nicht vorstellen kannst, was wirkliche und bedingungslose Liebe ist? Hast du die größte menschliche Nähe etwa da erlebt, wo die Autoritäten deiner Kindheit sich dir streng und strafend zugewandt haben, so dass du fürchten musst, ohne Selbstabwertung und Leiden auch diese letzte Erfahrung der Zuwendung noch zu verlieren?

Du wirst erleben, wie unendlich befreiend es ist, die Stimme Christi von den Stimmen der Fremden in dir unterscheiden zu lernen. Dich von einer falschen Frömmigkeit weg zu einem wirklich an Christus orientierten Glauben hin zu entwickeln, wird dir vielleicht nur Schritt für Schritt gelingen – aber glaub mir, es lohnt sich immer und in jedem Fall, *an Christus gläubig* anstatt *verkrampft fromm* zu sein.

ERZIEHUNGSBEDINGT?

Irgendwann sollten wir
die Verantwortung
für unser Leben
endlich selbst
übernehmen
und uns bei
unserem Versagen
nicht ewig nur mit
unserem Elternhaus
herausreden.

Unser Leben beginnt zwar
grundlegend mit der Kindheit –
aber wollen wir es denn
auch als unmündige Kinder
zu Ende bringen?

AUS SCHLECHTEM GEWISSEN?

Unser schlechtes Gewissen
kann uns davon abhalten,
etwas Falsches zu tun,
und kann uns bewusst machen,
dass wir etwas Richtiges
unterlassen haben.

Als Antrieb für unser
positives Verhalten
ist es allerdings
denkbar ungeeignet.

Was wir tun,
sollten wir aus
Überzeugung und Liebe tun –
ein schlechtes Gewissen
wäre dafür nur ein
trauriger Ersatz.

NEHMEN WIR EINMAL AN

Angenommen, Gott ließe uns – durch seinen Engel oder im Traum – mitteilen, dass wir noch genau einen Monat zu leben hätten und dann zu ihm kommen könnten. Wie würden wir die uns verbleibende Zeit wohl gestalten?

Vieles, was wir gestern noch als selbstverständlich empfunden haben, würde sich im Angesicht der Wahrheit plötzlich als fragwürdig erweisen. All das, was uns eben noch als so wichtig vorkam, würde nun in einem neuen Licht erscheinen. Die vorletzten und vorvorletzten Dinge verlören ihren Glanz in Anbetracht der letzten Werte. In einem heilsamen Erschrecken würden wir erkennen, wie wenig unser gelebtes Leben mit dem übereingestimmt hat, was wir immer als unsere Überzeugung ausgegeben haben.

Wollten wir nicht wenigstens die uns verbleibende Zeit ganz anders, endlich wesentlich gestalten? Wäre unser letzter Alltag nicht unwillkürlich geprägt von dem bevorstehenden Tag unserer wichtigsten Begegnung? Würde nicht unser ganzes Denken, Sprechen und Handeln die Wirklichkeit widerspiegeln, auf die wir zugingen?

Wie unwichtig wären mit einem Mal unsere materiellen und karrierebezogenen Träume, wie wichtig hingegen die letzte Chance, den Menschen, die wir lieben, wahrhaftig und offen zu begegnen! Hätten wir ihnen nicht noch so viel zu sagen? –

Ja, wir *hätten*, wir *würden* und wir *wären* – ganz sicherlich! Aber warum muss Gott nach seinem Sohn, allen Aposteln und Propheten uns auch noch – ganz privat – seinen Engel senden, damit wir ernst nehmen, was wir wissen und bekennen? Muss Gott uns erst im Traum begegnen, damit wir endlich aufhören zu träumen?

Worauf leben wir als Christinnen und Christen denn zu, wenn nicht auf unsere Begegnung mit Christus? Wieso sprechen wir so überzeugt und gläubig von den ›letzten Dingen‹, wenn wir uns persönlich viel lieber an die ›vorvorletzten‹ Werte halten? Oder müssen wir tatsächlich erst dem Tod ins Auge sehen, bis wir verstehen, dass wir – auch wir! – nur zeitlich begrenzt auf dieser Erde sind?

WISSEN, ERKENNTNIS UND WEISHEIT

Wir können jahrelang die Wahrheit des Evangeliums kennen, ohne sie wirklich verstanden zu haben; wir können die Aussagen des Neuen Testaments unzählige Male anderen erklären und sie zutreffend wiedergeben, ohne je wirklich erkannt zu haben, was wir wissen und sagen.

Aber dann werden wir einmal von der Wahrheit dessen ergriffen, was wir schon lange wussten. Die zahlreichen Einzelinformationen setzen sich zu einem Ganzen zusammen – wie einzelne Steine zu einem Mosaik. Es erscheint uns so, als ob sich das gleiche Wissen plötzlich von innen her erschließt, als würden wir hineingenommen in die Wahrheit, die uns zutiefst bewegt und überwältigt.

Das Wissen ist nicht mehr etwas, was wir uns selbst angeeignet haben, sondern es wird zu einem prägenden Ereignis, das uns widerfährt. Wissen und Kenntnis können wir erwerben, die Erkenntnis aber ergreift ihrerseits von uns Besitz. Über das Wissen können wir verfügen, die Erkenntnis aber ist uns nur geliehen. Wissen ist Eigentum, Erkenntnis bleibend Gabe und Geschenk. Denn nicht wir haben die Wahrheit, sondern die Wahrheit hat uns!

Durch die Erkenntnis erscheint uns alles bisher Bekannte in einem neuen Licht. Wir sehen mit einmal

Zusammenhänge und Hintergründe, die uns bei aller Kenntnis von Einzelheiten bisher verborgen waren, und es erscheint uns so, als ob wir alles erst jetzt wirklich verstehen. Dabei ist uns unbegreiflich, wie wir so lange Richtiges wissen und weitergeben konnten, ohne es selbst je richtig verstanden zu haben. Jetzt drängt sich die Wahrheit förmlich auf. Der Inhalt des Evangeliums ist nicht länger rätselhaft, sondern wird von uns klar und deutlich erkannt. Andererseits wird uns die Wahrheit bei unserer Erkenntnis umso geheimnisvoller – das, was wir erkannt haben, lässt uns nicht mehr ruhen; wir wollen erforschen und ergründen, was uns betroffen und ergriffen hat.

Wenn wir auch die grundlegende Erkenntnis in unserer Erinnerung mit einem bestimmten Ereignis oder einer konkreten Begegnung verbinden mögen, so ist sie doch wesensmäßig nichts Einmaliges. Erkenntnis ist eigentlich nicht ein punktuelles, sondern ein dauerhaftes Geschehen, sie lässt sich nicht statisch festhalten, sondern wird uns, solange sie wirksam ist, in einen dynamischen Prozess hineinnehmen. So können wir uns nie auf unserer Erkenntnis ausruhen, ohne sie zu verlieren. Sobald wir beim Erreichten stehen bleiben wollen, leben wir schon nicht mehr in der Erkenntnis, sondern haben nur noch ein Wissen davon. Die Erkenntnis der Wahrheit aber ist etwas ganz Bewegendes; sie drängt danach, sich gänzlich bei uns durchzusetzen.

Diese prägende und bewegende Kraft der Erkenntnis ist es auch, die über das Erkennen hinaus zugleich auf unser ganzes Leben zielt. Erkenntnis ruht nicht, bis sie in uns zur Weisheit wird. Die Weisheit nämlich wendet das Erkannte auf alle Lebensbereiche an und möchte das verstandene Wissen konsequent ins Leben umsetzen. Aus der Lebenserfahrung wird neue Erkenntnis gewonnen, und die neue Erkenntnis wiederum befähigt zu konsequentem Leben. So ist die Weisheit zugleich Voraussetzung und Frucht eines wesentlich gelebten Lebens.

Es kann kein Zweifel darüber bestehen, dass das Evangelium nicht nur zur Kenntnis genommen, sondern von uns zutiefst erkannt werden will; die Erkenntnis des Evangeliums aber ruht nicht eher, bis sie in uns zur Weisheit wird.

Denn nur das persönlich erkannte Wissen ist Erkenntnis, und erst die gelebte und durch Erfahrung bewährte Erkenntnis ist Weisheit.

VON GANZEM HERZEN

Es gibt keinen Ersatz für die Liebe. Zwar lässt sich die Liebe immer nur an ihren Ausdrucksformen erkennen; das heißt aber nicht, dass man durch die Einübung der Ausdrucksformen die fehlende Liebe ausgleichen könnte.

Was die Liebe vom Geliebten will, ist nicht ein bestimmtes Verhalten, sondern dessen Liebe. Wer liebt, möchte nicht etwas vom anderen – auch nicht viel vom anderen –, sondern ihn selbst. Der Geliebte könnte seine ganze Zeit, sein ganzes Geld, ja sein ganzes Leben für den anderen einsetzen – würde es nicht aus Liebe geschehen, dann wäre es nicht das, was der Liebende sich ersehnt.

Die Liebe ist erst da am Ziel, wo sie als Antwort die gleiche Liebe findet. Sie ist völlig voraussetzungslos und bedingungslos, aber sie will folgenreich sein. Sie nimmt keinen Anstoß an den Grenzen und Schwachheiten des anderen und bejaht ihn, wie er ist – aber sie leidet daran, wenn sie selbst durch die Verweigerung des anderen begrenzt und an ihrer Entwicklung gehindert wird. Denn nichts will die Liebe mehr, als sich beim anderen und für den anderen zu entfalten.

So ist sie auch gerne bereit, das Versagen und die Schuld des Geliebten zu vergeben, wenn nur die wechselseitige Offenheit und uneingeschränkte Zuwendung wiederhergestellt wird. Mehr als am Versagen des anderen leidet die Liebe nämlich an den Formen verdeckter Abwendung und Verschlossenheit – auch wenn sie noch so höflich und korrekt erscheinen. Viel lieber als eine aufgesetzte Stärke und Freundlichkeit erträgt die Liebe die Schwachheit und Unzulänglichkeit des anderen. Denn sie ist wirklich und ausschließlich am anderen selbst und nicht nur an Teilen seiner Person interessiert.

Wenn es aber so ist, dass es dem Liebenden allein um den anderen geht und er keinen Ersatz für die Liebe des Geliebten kennt, dann kann es auch nur eines sein, was Gott in seiner grenzenlosen Liebe vor allem anderen von uns will – nämlich, dass wir »ihn lieb haben von ganzem Herzen, von ganzer Seele und mit aller unserer Kraft«.[10]

»Wenn ich mit Menschen- und mit Engelzungen rede, habe aber die Liebe nicht, so bin ich ein tönendes Erz oder eine lärmende Schelle. Und wenn ich die Gabe der Prophetie habe und weiß alle Geheimnisse und alle Erkenntnis und habe allen Glauben, so dass ich Berge versetzen kann, habe aber die Liebe nicht, so bin ich nichts. Und wenn ich alle meine Habe zur Speisung der Armen aufwende und wenn ich meinen Leib hingebe zum Verbrennen, habe aber die Liebe nicht, so ist es mir nichts nütze ...

Nun aber bleiben Glaube, Hoffnung, Liebe, diese drei; die größte aber unter ihnen ist die Liebe.«[11]

1. Korinther 13,1-3.13

CHRISTUS LIEBEN

Da unsere Liebe zu Gott
in dem Geschenk
der Liebe Gottes zu uns
gründet,
wächst unsere Liebe
zu Christus
in dem Maße,
wie wir uns von ihm
beschenken lassen.

Lukas 7,41-43.47

ZUGEHÖRIG

Sklaven gehören ihren Herren
und müssen sie gehörig fürchten.
Wer niemand anderem gehört
und keinem hörig ist,
der ist furchtlos und frei.

Die Liebenden aber sind
frei und gebunden zugleich.
Sie können gehen,
aber sie wollen bleiben.
Sie können sich schützen,
aber sie wollen sich öffnen.
Sie gehören sich selbst,
aber sie geben sich hin.
Sie haben ihre Rechte,
aber sie leben ihre Liebe.
Sie fürchten sich nicht,
aber sie empfinden tiefe Ehrfurcht.
Sie sind nicht hörig –
aber zugehörig.

Weh dem, der einem anderen gehört!
Weh dem, der keinen anderen hat!
Wohl dem, der niemandem gehört,
aber jemanden hat, dem er zugehört![12]

GOTTESFURCHT

Dass Gottesfurcht
im positiven Sinne
etwas ganz anderes ist
als Angst,
erweist sich spätestens dann,
wenn wir in den beängstigenden
und bedrohlichen Situationen
unseres Lebens
uns nicht vor Gott verbergen,
sondern uns ihm anvertrauen –
wenn wir nicht vor Gott,
sondern zu ihm fliehen.
Denn die Angst treibt uns
von Gott weg,
während die Gottesfurcht uns
zu Gott hinzieht.

1. Mose 3,8-10

IN BESTEN HÄNDEN

Du bist mir, Herr, treuer,
als ich mir selbst bin,
liebst mich umfassender,
als ich es kann;
an meiner Entfaltung
und meinem Glück
liegt dir noch mehr als mir,
und niemand anders als du
behaftet mich
so konsequent bei dem,
was ich selbst für wichtig halte.

Wenn das aber so ist
und ich dir, Herr,
eher trauen kann als mir selbst,
dann ist mein Leben
in deinen Händen
noch besser aufgehoben
als in meinen eigenen.

DIE REINE LIEBE

Die vollkommene Liebe ist nicht die,
in der das eigene Ich nicht vorkommt,
sondern die, in der das Ich
im ausgewogenen Verhältnis zum Du steht.

Nicht die selbstlose Liebe ist das Ideal,
sondern die Liebe,
in der das Selbst und der andere
miteinander im Einklang sind.

Die kostbarste Liebe ist nicht die,
die am meisten Überwindung kostet,
sondern diejenige,
die bei allem Loslassen und Geben
den Liebenden immer reicher macht.

So ist auch die reine Liebe nicht eine Liebe,
die das eigene Glück gering schätzt,
sondern ein Glück,
das ohne Liebe nicht erklärbar wäre.

ZWISCHEN DEN ZEITEN

Wir sollten nur insoweit
in die Vergangenheit zurückblicken,
als es uns vorwärts bringt.

Wir sollten nur dann
von der Zukunft träumen,
wenn wir dadurch
zielstrebiger und bewusster
unsere Wirklichkeit gestalten.

Wir sollten so in der Gegenwart leben,
dass zugleich
die Erfahrung unserer Vergangenheit
und die Perspektive unserer Zukunft
zur Geltung kommen.

Denn wenn wir auf diese Weise
zwischen den Zeiten leben
und über dem Gestern
nicht das Morgen,
über dem Morgen
nicht das Heute
und über dem Heute
weder das Gestern
noch das Morgen vergessen,
leben wir wirklich
in der Zeit.

WEISHEIT

Weisheit ist die Kunst,

zu wissen,
was dem Leben zuträglich
und für die Liebe förderlich ist,

und zu leben,
was dem eigenen Wissen
und der Liebe entspricht.

Weise sein bedeutet,
beides, das Leben
und das Wissen über
dessen Zusammenhänge,
zu lieben.

Heute möchte ich dich, Herr, wegen etwas bitten, was ich nicht benennen kann, weil ich es selbst nicht kenne. Ich möchte mit dir über etwas reden, von dem ich nicht weiß, was es ist.

Und das kommt so: Bei vielen Menschen, die mir nahe stehen, wie bei denen, die ich lieber auf Entfernung halte, fällt es mir relativ leicht, zu erkennen, wo sie sich selbst belügen. Von außen gesehen springen die Unterschiede zwischen dem Bild, das sie von sich selbst haben, und ihrem tatsächlich gelebten Leben geradezu ins Auge. Die Unwahrhaftigkeiten und Selbsttäuschungen anderer sind oft so augenscheinlich, dass ich mich wundere, wie jemand in Hinsicht auf die eigene Person solch große blinde Flecken haben kann.

Nun könnte man das lächelnd übergehen, wenn diese großen und kleinen Lebenslügen uns lediglich helfen würden, uns selbst ein bisschen gnädiger zu sehen und mit unseren eigenen Schwachheiten leichter zurechtzukommen. Doch haben sie offensichtlich auch eine gegenteilige Wirkung. Sie machen uns nicht nur blind für unsere Fehler, sondern auch für die Möglichkeiten, unsere Fehler zu beheben. Sie färben nicht nur unsere Wirklichkeit angenehm ein, sondern halten uns auch davon ab, unser Leben so zu gestalten, dass es wirklich angenehmer wird. Mit den Problemen verdrängen wir auch die möglichen Lösungen, und weil wir die Fragen nicht zulassen, kommen wir auch nicht auf die Antworten. Auf diese Weise stehen wir uns immer wieder selbst im Weg und stolpern über unseren eigenen Schatten.

Der entscheidende Punkt ist nun der: So scharf mein Blick in Hinsicht auf die fremden Lebenslügen ist, so kurzsichtig scheint er in Bezug auf die eigenen. So wortgewandt ich die Verdrängungen anderer benennen kann, so spröde wird die Rede, wenn ich auf mich selbst komme. Da das kaum daran liegen kann, dass ich mich grundsätzlich von anderen unterscheide, sondern nur daran, dass ich darin wie alle anderen bin, erweist sich meine Abgeklärtheit genauso als verdrängende Tugendhaftigkeit.

Folglich bitte ich dich, Herr, mir meine Lügen aufzudecken und mir zu zeigen, wo ich ungute Spiele mit mir spiele. Wohl habe ich bei diesem Gebet gleichzeitig etwas Angst, weil ich die Konsequenzen meiner Bereitschaft noch nicht überschaue. Doch will ich in keinem Fall an dem festhalten, was mir und anderen schadet. Ich möchte nicht vor der Wahrheit weglaufen, sondern mich ihr stellen – zumal ich weiß, dass meine Unwahrhaftigkeit mich noch mehr Kräfte kostet als der schwere Schritt zur Wahrhaftigkeit.

Überdies belastet mein falscher Umgang mit mir selbst zugleich mein Verhältnis zu dir. Denn ich bin dir gegenüber keinesfalls offener, als ich es zu mir selbst bin. Laufe ich vor mir weg, dann verstecke ich mich auch vor dir. Während ich die Wahrheit über mein Leben verdränge, kann ich dir als der Wahrheit in Person erst recht nicht ungeschützt begegnen. So verschließe ich mich ausgerechnet dem gegenüber, der mir durch seine Liebe die Kraft gäbe, die Wahrheit zu ertragen. Ich habe gerade dem gegenüber die größten Vorbehalte, der mich ohne Vorbehalte angenommen und mit sich versöhnt hat.

Deshalb will ich nun meine falschen Schamgefühle überwinden und mich dir, auch gegen meinen inneren Widerstand, bewusst und willentlich zuwenden. Sage du – als die Wahrheit – mir, wie es in Wahrheit mit mir steht, und zeige du – als die Liebe – mir, wie ich mit deiner Wahrheit lebe.

SPLITTER UND BALKEN

Der Splitter im Auge des anderen
ist meistens aus dem gleichen Holz
wie der Balken im eigenen;
deshalb sehen wir ihn auch so gut!

Matthäus 7,3-5

VERGEBEN UND VERGESSEN?

Wir wollen Vergebung,
weil wir vergessen wollen;
Gott aber vergibt uns,
damit wir uns erinnern –

wie sehr er uns beschenkt,
indem er uns
bedingungslos annimmt,
wie wenig wir uns
von den anderen unterscheiden,
die wir sonst so leicht verurteilen,
und wie weit unsere
Vorstellung von uns selbst
von der Wirklichkeit entfernt ist.

So wird uns unsere Schuld
also nicht vergeben,
damit wir wieder
ganz die Alten sein können,
sondern damit wir Gott,
den anderen und uns selbst
neu und anders begegnen.

Der Sinn der Vergebung
liegt nämlich nicht darin,
dass wir wieder besser dastehen,

sondern dass wir
Gott gegenüber dankbarer,
anderen gegenüber barmherziger
und uns selbst gegenüber
wahrhaftiger werden.

HALTE MICH!

Dich zu erkennen bedeutet, dich zu lieben. Dein Wesen und deine Größe zu ahnen heißt, zu dir hingezogen und an dich gebunden zu sein. Wenn ich begreife, wer du, Jesus Christus, bist und was du getan hast, dann bedarf es keiner Selbstüberwindung und keines zusätzlichen Entschlusses mehr, weil ich von dir ergriffen bin. Ich bin überwältigt von dir und habe nur den einen Wunsch, bei dir zu bleiben und mit dir zu leben. Dich will ich auf keinen Fall mehr verlieren. Zu dir möchte ich um jeden Preis gehören.

Ich bin von dem festen Vorsatz bestimmt, mich nie mehr von dir abzuwenden – aber wie oft schon habe ich meine eigenen Vorsätze wieder aufgegeben! Ich wollte dir jetzt gerne versprechen, für dich immer offen zu bleiben – aber immer wieder gebe ich Versprechen, die ich dann nicht halte. Ich will unbedingt an dir festhalten – aber manchmal komme ich mir wie ein kleines Kind vor, das die Hand seines Vaters bei jeder Ablenkung loslassen und vergessen kann.

Ich fürchte, ich wäre in der Lage, selbst das Unvergessliche wieder zu vergessen und das mir Wertvollste einmal gering zu schätzen. Zu oft schon bin ich mir selbst untreu geworden, als dass ich guten Gewissens zusagen könnte, dir in jedem Fall treu zu bleiben.

Und dennoch bin ich zuversichtlich, ja gewiss, dass ich dich, mein Herr, nicht mehr verlieren werde. Kann ich mich schon auf mich selbst nicht mit Sicherheit verlassen, so doch auf dich. Traue ich auch meiner Treue nicht, so doch der deinen. Sosehr ich dich auch meinerseits ergreifen und dich festhalten will, sosehr gründen meine Hoffnung und Geborgenheit doch allein darin, dass du mich ergriffen hast.

Wenn ich je vergessen sollte, was ich jetzt erkenne, dann erinnere du mich wieder daran! Was ich in diesem Moment sage, denke und empfinde, das ist meine tiefste Überzeugung und meine endgültige Entscheidung – denn ich war niemals so sehr bei mir selbst wie jetzt. Sollte ich mich aber von dir und von mir selbst einmal so weit entfernen, dass ich dich verrate – dann stehe du bitte zu mir und halte mich!

DER TRAUM VOM LEICHTEN LEBEN

Schwerwiegende Entscheidungen
fallen selten in leichten Zeiten,
und tief gehende Veränderungen
entstehen nicht durch
oberflächliche Erfahrungen.

Bedeutende Entwicklungen
werden kaum durch
unbedeutende Begegnungen
angeregt,
und persönliche Hilfe
erfahren wir so gut wie nie in
unpersönlichen Beziehungen.

Verständnis für die
Schwachheit anderer
erwächst nicht aus der
eigenen Stärke,
und wie man
andere Menschen tröstet,
wissen wir erst,
wenn wir nicht nur getrost,
sondern auch selbst
getröstet sind.

Warum also sehnen wir uns ausschließlich
nach einem leichten und unbeschwerten Leben,
wenn das, was uns so wertvoll macht,
in einem verletzlichen und tiefgründigen,
in einem lebendig gelebten Leben liegt?

DU!

Du, den ich so sehr brauche,
aber den ich nie missbrauchen will!
Du, der du für mich notwendig bist,
aber doch viel mehr als nur die Not
in meinem Leben wendest!
Du, ohne den ich nicht sein kann
und mit dem ich nun immer sein darf!

Dir möchte ich mich völlig zuwenden,
um ohne jeden Vorbehalt offen
und ungeschützt vor dir zu stehen.
Dir will ich nicht nur viel oder alles,
sondern mich selbst schenken –
der du mich so vorbehaltlos
angenommen und beschenkt hast.
Dir gehöre ich zu und wünsche,
niemandem anders mehr zu gehören.

Dich will ich erkennen und verstehen,
so wie du mich von Anfang an geliebt
und – besser als ich selbst – verstanden hast.
Dich möchte ich stets
in meinen Gedanken haben
und in mein ganzes Leben einbeziehen.
Dich, sage ich –

auch wenn ich noch oft inkonsequent
und schwach sein werde –,
dich, Christus, brauche ich nicht nur,
dich liebe ich!

FREUDE

Wir sollten es lernen,
uns in Christus zu freuen,
auch wenn wir sonst keinen
Grund zur Freude sehen,

und uns vor allem anderen
über Christus zu freuen,
wenn wir viel Grund
zur Freude haben.

ICH HABE MEINE MITTE IN DIR

Ich habe mich über die Jahre verändert, und viele der Menschen, die mir einst wichtig waren, habe ich aus den Augen verloren – aber geblieben bist du. Das, was ich vor Jahren von dir, Jesus Christus, erkannte und vor dir lebte, nehme ich noch jetzt sehr ernst, während ich über manche meiner früheren Interessen und Auffassungen heute schmunzeln muss.

Du bist es, auf den ich im Erleben tiefen Glücks verwiesen werde, und du, an den mich meine Erfahrung in meiner Angst und Verzweiflung verweist. In allem Schönen erkenne ich letztlich dich wieder und finde in meinen schweren Stunden Halt bei dir. Dir verdanke ich die wesentlichsten und ergreifendsten Augenblicke meines Lebens und dir – vor allen anderen – die Bewältigung meiner tiefsten Krisen.

Auf dich möchte ich auch weiterhin meine Hoffnung setzen und will mein Leben mit dir gestalten. Bei dir gelingt es mir, meine Sorgen und Ängste loszulassen, und durch dich ist es mir möglich, mitten in der Auseinandersetzung des Alltags im Frieden zu leben.

Sehe ich dich – als das Leben – hinter all meinen Sehnsüchten und Träumen, dann komme ich trotz aller Unabgeschlossenheit zur Ruhe und verliere auch im Verlust und Verzicht nicht mein Gleichgewicht.

Wo ich Glück und Trauer in gleicher Weise an dich rückbinde, wo ich im erfüllenden Erleben und im schmerzhaften Erleiden dich suche, da finde ich meine Mitte und bekomme Mut für mein Leben.

Wer ist mir treu, wenn mich Menschen verlassen? Wer hält mich fest, wenn ich mich selbst aufgebe? Bei wem kann ich mich wieder finden, wenn ich mich verloren habe, und an wem orientieren, wenn mir andere in den Rücken fallen?

Manchmal wird mir zutiefst bewusst, was ich an dir und in dir habe, und ich werde von einer grenzenlosen Freude und Dankbarkeit überwältigt. Dann begreife und empfinde ich, was ich sonst oft durch Willen und Entschluss festhalten muss: du bedeutest mir nicht nur viel, sondern alles – denn ich habe meine Mitte in dir!

GEWINN ODER VERLUST?

Was bedeutet es nun,
an Christus zu glauben,
Freude oder Traurigkeit,
Stärke oder Schwachheit,
Gewinn oder Verlust,
Glücklichsein oder Leiden,
Frieden oder Kampf?

Beides – und das Erste
mitten im Zweiten.

ERSTE LIEBE

In all meinen Gedanken
bin ich, Herr, bei dir
und war noch nie so sehr
bei mir selbst.

Ich habe mein Herz
an dich verloren
und mich selbst
dabei gefunden.

Ich bin ganz und gar
an dich gebunden
und genieße diese
grenzenlose Freiheit.

Alles hast du bei mir
in Bewegung gebracht,
so dass ich endlich
zur Ruhe gekommen bin.

Wie kann ich so geborgen
und aufgehoben sein,
wo ich mich doch so
vorbehaltlos ausgeliefert
und geöffnet habe?

Warum werde ich immer reicher,
je mehr ich dir von mir schenke,
und bin bei all meinem Geben
immer selbst der Beschenkte?

Ich wende mich dir zu
und werde dabei auf
andere Menschen aufmerksam;
für dich will ich leben
und erfahre, wie mein Leben
gerade darin für andere
wertvoll wird.

Je mehr ich dich verstehe,
desto weniger meine ich,
dich schon zu kennen;
und je mehr ich
von dir erfahre,
desto gespannter
bin ich auf dich.

Je vertrauter du mir wirst,
desto größeren Respekt
empfinde ich vor dir;
und bei allem Enträtseln
wirst du mir immer mehr
zum Geheimnis.

Ich glaube, Herr, dass ich
in dieser Zeit der
schönsten Widersprüche
zuletzt erfahre,
was die ›erste Liebe‹ ist.

ANMERKUNGEN

1 »Flasche« – Vgl. 1. Kor 3,16; 6,19.

2 »Du sollst leben!« – Vgl. zum Text: 5. Mose 6,5; Ps 22,27f.; Jes 41,10.13f., 43,1ff.; 45,22; 62,4f.; 63,8f.; 65,18f.; 66,13; Jer 3,22; 32,41; Hes 16,6.8; Zeph 3,14–17; Sach 2,14f.; Lk 15,7.10.11–32; 2. Kor 5,14f.

3 »Nachruf« – Zur übertragenen Verwendung der »Totenklage« s. schon Amos 5,1–3.

4 »Glaube und Erfahrung« – S. Joh 20,29; Röm 4,18–21; 8,24; 2. Kor 5,6f.; 1. Petr 1,8; Hebr 11,1.8ff.27.

5 »Was ist daran erstaunlich?« – Vgl. 1. Thess 1,2–10; 3,6–9; Röm 12,12; Eph 6,18.

6 »Verpredigt« – S. 1. Kor 1,17f.23; 2,1–5; 2. Kor 1,24; 4,5; Gal 1,6–10; 6,14; 1. Thess 2,13.

7 »Gewusst wie« – S. Gal 2,20; Eph 3,17.

8 »Ein guter Christ« – S. Gal 2,20; Röm 15,18; vgl. 1. Kor 15,10; Kol 1,27; 3,11; Joh 15,4f.

9 »Das Alte ist vergangen?« – 2. Kor 5,17; Gal 2,20; 6,15.

10 »Von ganzem Herzen« – 5. Mose 6,4f.

11 »Von ganzem Herzen« – S. das Hohelied der Liebe 1. Kor 13, 1-13; s. zum Gebot der Gottesliebe 5. Mose 6,4f.; 10,12; Mk 12, 28-34 par; Joh 14,15-23.28.

12 »Zugehörig« – Vgl. Röm 8,15; 14,7-9; Gal 4,3–7; Joh 15,13-15; 1. Joh 4,16–18.

INHALT